強引御曹司と甘すぎる政略結婚

～華麗なる蜜月計画～

★

浅見茉莉
Mari Asami

NIGHT STAR BOOKS

イラスト／森原八鹿

1

振袖を着るのは、二年前の成人式以来だ。花嫁修業の一環として着付けも習得したけれど、さすがに振袖を自分で着られる自信はないし、そもそも着るチャンスもそんなになかった。だから今日は、理由はともかく着飾れたことは嬉しい。

両親とともにホテルガイアのロビーに足を踏み入れた真室紅葉《まむろくれは》は、居合わせた客の注目を浴びるのを感じた。

うわ……注目されてる……？　ちょっと恥ずかしいな。転ばないように気をつけよう。

成人式のときは、周囲がほぼ同じように和装だったこともあって、仲間内ではしゃぐばかりで周囲の目など意識もしなかったが、やはり目立つものなのだろう。未婚女性最高の正装なのも頷《うなず》ける。とは言っても、ホテルなら結婚式の出席者などで、そう珍しいものでもないはずだ。

着物かな？　やっぱりよさげに見えるのかも。

翡翠《ひすい》色の加賀友禅は、今は亡き祖母が張り切って選んでくれたものだ。大輪の牡丹《ぼたん》が描かれた華やかな柄行《がらゆき》で、合わせた正倉院文様の帯が格調高い――とのことだが、正直なところ紅葉にはよくわからない。でも、とても気に入っている。

祥晃《よしあき》さんも、実際に見たらちょっとは見直してくれるかな？　成人式の画像を送ったときは、既読無視だったけど……。

これから祥晃とその両親、一条《いちじょう》夫妻と会うことになっていた。世間一般での見合いのようなものだろうか。いや、厳密にはそれともまた違う。祥晃と紅葉は、幼いころから結婚の約束ができていた。今日は、正式な婚約前の意思確認というところだ。

幼いころに結婚相手が決められるなんて、とんだ時代錯誤だと言われるだろうが、紅葉はそのこと自体には特に異論はなかった。物心ついたころには、すでに祥晃に嫁ぐのだと聞かされていたので、違和感を覚える余地もなかったとも言えるかもしれない。

ただ、成長するにつれて、決められた相手との結婚だろうと、互いを想い合えればなにも問題はないと考えるようになった。要は、相手に恋をできればいい。

しかし今日まで、祥晃に恋することはなかった。紅葉は前向きに関係を築こうとしたのだが、祥晃のほうにその意思が見られなかったというか、はっきり言って、紅葉をいずれ妻になる女としか認識しておらず、黙っていても結婚するのだから、なにをする必要もない的な態度だった。

大学に入ってからは、一緒に食事や買い物に行くこともあったが、祥晃の後をついて回るだけのデートとも言えないようなもので、それも数回だった。

さすがに祥晃との間に恋を育める可能性はないのかと思わされて、一時の紅葉はどんよりとなった。友人たちが彼氏とデートだ旅行だとはしゃいでいるのを見るにつけ、ときめきもないままに結婚してしまうのかと、落ち込みは焦《あせ》りに変わった。

恋をしたい――もちろん相手は祥晃であるべきなのだが、この際、恋の醍醐味《だいごみ》だけでも知りたいと、初恋もまだの紅葉は強く思ってしまった。

母の目を盗んで合コンなどにも参加したが、そして個人的に会いたいという誘いもあったが、なぜか紅葉の心はときめかず、空回《からまわ》りの日々だった。これだと思う相手が見つかったら、結婚の約束なんか振り切るくらいの意気込みだったのに。

大学を卒業したら顔合わせをして、正式に婚約を結ぶと決まっていたので、紅葉は卒業前に気持ちを切り替えた。祥晃と結婚することが、自分の運命なのだろう。ならばこのまま進んで、充実した幸せな人生にすることだ。もしかしたら、意外にも結婚してから祥晃に恋することもあるかもしれない――と、前向きに今日を迎えた。

「八階の和食の個室だって言ってたな」

父は着慣れないスーツの袖を引っ張りながら、きょろきょろとあたりを見回している。

「エレベーターは向こうですよ」

淡いグレーの訪問着で装った母は、控えめに父と紅葉を引率した。研究職の父は浮世離れしたところがあるので、真室家の実務担当は母だ。

揃ってエレベーターに乗り込み、ほっとひと息つく。母が父の身支度を今一度手直しするのを横目に、紅葉は表示ランプを見上げた。

祥晃さんの顔を見るのは、二か月ぶりかな……。

幼いころに結婚話が出たくらいだから、頻繁ではないが家族同士での交流もたびたびあった。

ふたりきりで会ったのは、大学時代に数回だけだけれど。

そもそも先方の一条家と真室家は、江戸時代からの縁だ。殿さまだった一条家に、真室家は薬師《くすし》として仕《つか》えていた。いわゆるご典医というやつだ。そのころにも、真室家の娘が側室として上がることはあったらしい。

時は流れ明治の末、一条家は製薬会社を設立した。一方、生化学や薬学の研究者が多かった真室家は、留学の費用などを世話になり、その後一条家の会社に就職、あるいは庇護《ひご》を受けつつ研究を続けた。

紅葉の祖父はノーベル賞候補になったこともある研究者で、その研究は製薬会社にとっても開発の上で大きく影響があるらしい。祖父は紅葉が生まれる前に亡くなり、父が研究を引き継いでいる。これが紅葉の結婚話が進められた一因だろう。改めてしっかりと縁を結ぶことで、一条家は研究成果を製薬に活用することも容易になる。

メリットは一条家側だけのことではない。研究はスポンサーなしには成り立たず、一条家が手を差し伸べてくれることは、父や兄にとっても研究に専念できて願ってもないことだ。

わかりやすいほどに紛うかたなき政略結婚なのだが、紅葉はその点は気にしていない。むしろ自分が家族に協力できることを喜ばしく思う。

それに……薬草園も残せるかも。

真室家には、明治以前からあると言われる薬草園が残されている。古くは薬師として、効能を持つ植物を自家栽培していたらしい。現代でも薬草として認められている植物が生育しているが、雑草が繁茂しているような見た目だし、その薬草を実際になにかに使っているわけでもない。広い土地を遊ばせているだけだと世間では思われているけれど、紅葉にはルーツとして残しておきたい気持ちがある。幼いころの遊び場でもあり、思い出の場所だ。

国内でも五指に入る大手製薬会社の御曹司に嫁ぐのだから、薬草園温存のおねだりくらいは許されないだろうか。悲しいかな、今の紅葉にとって結婚に対する期待の第一位は、そのことだったりする。

エレベーターのドアが開き、紅葉たちは通路を進んだ。和食店の入り口で出迎えのスタッフに名乗ると、「お待ちでいらっしゃいます。ご案内いたします」と案内された。

一歩ごとに緊張感が増していく。先方は一条製薬社長でもある当主夫妻と、その長男で紅葉の結婚相手の祥晃が出席予定だ。

祥晃は三十歳で、一条製薬の営業本部長を務めている。いずれは父親の後を継いで社長となることが約束された身だ。

両親の容姿をバランスよく受け継ぎ、自他ともに認めるイケメン――だと思う。本人からときどき送られてくる画像を見た、紅葉の友人たちもそう言っていたから。

ただ紅葉は、いつもカットしたて、セットしたてのようなヘアスタイルや、磨かれた爪、オーダーメイドだと思われるスーツや高価な腕時計などに目が行き、自分が服飾関係にあまり興味やセンスがないせいか圧倒されてしまう。見た目を整えることも彼の立場なら必要なことだとわかっていても、やりすぎ感を覚えて、派手で贅沢好きという印象ばかりが強い。

前回会ったのは大学卒業間際で、お祝いだとハイブランドの特注バッグを贈られた。確実に百万は下らないそれを、自分にはまだ分不相応だからと、紅葉は丁重に辞退したのだが、『俺の妻としてふさわしくなってもらわないと。恥をかかせる気か？』と祥晃は不機嫌になった。以来音沙汰がないまま、今日に至る。

結婚すれば未来の社長夫人の座もついてくるわけで、公的な場への出席もある。祥晃の言葉にも一理あるのだろうと、紅葉は結婚に前向きになるとともに考えを改め、その意思表示として今日は精いっぱいの身支度をしてきたつもりだ。

「真室さまがご到着なさいました」

スタッフが室内に声をかけ、戸を開けた。

「やあ、お待ちしていましたよ」

室内はテーブル席になっていて、一条家の三人はそれぞれ立ち上がった。

「遅くなりまして……本日はどうも——」

「挨拶《あいさつ》は後にしましょう。さあ、どうぞお座りください」

もごもごと喋《しゃべ》る父と比べて、一条氏の声はよく通る——そんなことが気にかかったのもつかの間、紅葉は目を瞠《みは》って立ち止まった。

え……？　祥晃さんは？

一条家の出席者は間違いなく三人だが、面子《めんつ》がおかしい。当主である一条氏と、その夫人、そして長男で紅葉の結婚相手の祥晃がいるはずだった。しかし、一条氏と夫人の間に立っているのは――。

……匡隆《まさたか》さん……？　どうして？

呆然《ぼうぜん》とする紅葉を強い視線でまっすぐ見返しているのは、一条家次男の匡隆だ。祥晃とはふたつ違いで、同じく一条製薬に勤めている――はずだ。子どものころは祥晃と三人で遊ぶこともあったけれど、ここ何年も挨拶程度の交流しかない。

兄弟なのでどことなく似ているが、決して間違えるほどではない。匡隆のほうが長身で、容貌も鋭い。その彼に凝視されると、身動きできなくなりそうだ。

……ていうか、なんだかドキドキしてきた……。

それはきっと、祥晃ではなく、いるはずがない匡隆がいたからだろうけれど、驚いたのは両親も同様らしく、戸惑《とまど》ったように一条氏に視線を移した。

「……あの、こちらは……」

父の問いかけに、一条氏は初めて眉間《みけん》にしわを刻み、小さく嘆息した。

「本日はお嬢さんの紅葉さんと、不肖の息子祥晃の顔合わせということでお越しいただきましたが、先日、祥晃とは親子の縁を切り、会社も解雇しました」

一気にそう言って、一条氏は深々と頭を下げた。夫人と匡隆もそれに倣《なら》う。

さらに呆然とする紅葉たちに着席を促してから、一条氏が語ったところによると、祥晃は営業本部長の立場を利用して、取引先の病院担当者に便宜を図り、その見返りとして謝礼を受け取っていた。社内調査で、数年に及ぶ損失と収賄の額が明らかになったが、訓告にも反省の色がまったく見えなかったため、解雇して勘当した。入社当時から御曹司の立場を笠に着た言動が目に余っていたこともあって、このままでは会社を脅《おびや》かすと案じた末のことらしい。

話を聞き終えてもしばらく無言だった紅葉たちだったが、父がおずおずと切り出した。

「……そういうご事情でしたら致しかたありません。しかし事前に一報もなく、この場を設けたのは、どういったわけでしょうか」

「ごもっともです。騙《だま》すような形になってしまったのは、平にご容赦願いたい。祥晃との婚約は白紙に戻しますが、ここにおります次男の匡隆が当家の跡取りとなります。改めて匡隆と紅葉さんの縁組をお考えいただけませんか？」

「ええっ……」

紅葉は思わず声を上げてしまい、集まった視線に俯《うつむ》いた。

「もちろん紅葉さんのお気持ち次第ですが」

と、一条氏は言葉を続けた。

……ほ、本気なの……？　長男がだめだから次男って、そんなのあり？　政略結婚ってそういうものなの？

まさに首を挿《す》げ替えたという感じで、それを臆面もなく打診してくる一条家も一条家だし、考え込んでいる様子の両親も両親だ。しかしドライすぎて、悲嘆したり憤《いきどお》ったりというよりは呆れてしまう。間違いなく当事者は紅葉なのに、置いてけぼり感が強くて他人事に感じる。

そういえば、匡隆はどうなのだろう。彼のほうこそ、突然白羽の矢が立ち困惑《こんわく》しているのではないかと、紅葉はそっと視線を向けた。

うわ、見られてた……。

切れ長の双眸《そうぼう》が待ち受けていて、紅葉は慌《あわ》てて目を逸《そ》らす。匡隆との結婚を持ち出されたときよりも、鼓動が高鳴る。

「返事はすぐにとは申しません。ひとまず今日は食事会ということで――」

一条氏はそんなふうに締めくくって、料理を運ばせた。せっかくの一流ホテルの高級和食店の料理だったが、紅葉はほとんど味もわからず、機械的に箸《はし》を動かしていた。食べていれば喋らなくて済むとも思った。なにしろあんな突拍子《とっぴょうし》もない提案をしたほうもされたほうも、どうでもよさそうな雑談に笑い声まで交えて話に花を咲かせているのだ。どういう神経をしているのだろう。

匡隆さんも……ふつうににこやかだな……。

おとなになってから匡隆とこんなに長い時間顔を合わせたのは、思えば初めてだ。ちゃんと顔を見たのも初めてで、ぼんやりしていた印象が次第にはっきりとピントが合い、しかも鮮やかさを増していく。

カッコいいな……こういうのをイケメンって言うんだろうな。でも、いきなり結婚相手って言われても……。

悪い気はしない。むしろ祥晃に会っていたときよりも、ずっと気持ちが弾んでいる。

どうして……？　いきなりの結婚相手だよ？　しかも、ついさっきまで結婚するつもりでいた相手の弟なのに？

また匡隆と目が合った。同時に心臓が跳ねて、頬が熱くなる。慌てて目を伏せたけれど、もっと匡隆を見たい。

なに、見たいって……おかしくない？　私……まるで――。

恋したみたいではないか。漫画やドラマで、似たような表現をされていたのが思い浮かんだ。

……こっ、恋⁉　ここで？　匡隆さんに⁉

箸が小鉢の縁に当たって、音を立てた。

「あっ……！　し、失礼しました……」

一条家は気にすることもなく首を振ったが、テーブルの下で母に膝を叩かれ、紅葉はますます俯いた。

ど、動揺もするでしょ、ここで恋って……いやいや、気のせいかも。思い違いかも。

デザートのマンゴーを食べ終えたところで、匡隆が口を開いた。

「少し紅葉さんとふたりでお話しさせていただいてもよろしいですか？」

両親は紅葉の意向も確かめずに頷き、急《せ》かす始末だ。

ふたりきりですか⁉　こんな状態なのに？

「紅葉さんもかまいませんか？　このホテルの庭にはバラ園があって、早咲きが楽しめるようですよ」

笑みを浮かべた匡隆に、紅葉は小さく頷いて立ち上がった。いろいろと不安を感じながらも、それ以上に匡隆ともっと言葉を交わしたいという気持ちが強かった。

バラ園はルートに沿って歩きながら花を楽しめるように造られていた。散策する客は他にもいたが、蔓《つる》バラのアーチや彫刻、四阿《あずまや》などが配されていて、適度にプライバシーが保たれている。

「突然のことで驚いただろう？」

歩きにくくないかとか、向こうのほうで花が咲いているとか、それまで当たり障りのない言葉をかけてきていた匡隆が、いきなり本題に踏み込んできた。

「それは……そのとおりですけど……」

対面したときは自分の目がおかしくなったのかと思うほど驚いたけれど、事情を聞いた今は、そうだったのかという感じだ。祥晃が放逐《ほうちく》された理由も、大企業の今後を左右する一大事だから無理からぬことだと思う。祥晃に代わって匡隆がそのポジションにつくのも、当然の流れだろう。

しかし、紅葉との結婚まで引き継ぐというのは、本気なのだろうか。いや、一条夫妻がそう考えているから今日の顔合わせなのだが、当の匡隆は納得しているのだろうか。

同じ一条家当主の息子でも、跡取りの長男と次男では、将来が大きく違ってくる。もしかしたら、子どものころからすでに区別されていたかもしれない。それほど一条家は名家だし大企業なのだ。

一生兄の下で歩むかもしれなかった匡隆の人生が、突然変わった。これまで望んでも叶わないはずだった跡継ぎの座が手に入ったと思っているかもしれないし、気楽な次男のはずがそうもいかなくなったと、内心ため息をついているかもしれない。

特に紅葉と結婚しなければならなくなったことを、どう思っているのだろう。二十八歳ともなれば、そろそろ伴侶を選ぶころだろうし、特定の相手がいてもおかしくない。これほどの容姿で、大手企業勤務だ。社長の息子だと言わなくても、モテることだろう。

それが私なんかと結婚なんて……。

紅葉は、はっとした。匡隆がふたりきりで話をしたいと言ったのは、その件ではないだろうか。会社を継ぐのはともかく――むしろチャンスだと思っているかも――、結婚相手まで親に決められるのは勘弁してほしい、と。

しかし、セットの片方だけ望むわけにはいかない。結婚を拒んだら社長の座も手に入らないかもしれない。紅葉の気持ち次第だと言っていたが、一条家はこの縁談をなんとしてもまとめたいから、匡隆を身代わりに仕立てたのだろうし。

「あのっ……！　私からお断りしましょうか？」

紅葉がそう言うと、匡隆は目を見開いた後、鋭く紅葉を見つめた。視線の強さに戸惑い、その一方で見惚《みほ》れてしまいそうになりながら、紅葉は口を動かす。

「……その、結婚は祥晃さんとの約束だったのだから、両家の約束自体を白紙に戻す理由になるのではないかと――」

「祥晃じゃなきゃ嫌だってこと？」

紅葉は慌ててかぶりを振った。そんなふうに思ったことはない。そもそも祥晃に恋愛感情を持ってもいなかった。どちらかと言えば、自分とは相容《あいい》れないタイプかもしれないと感じていて、しかし結婚するのだから、そんなことは言っていられない、前向きに努力するのだと己に言い聞かせていた。

「そうじゃありません。でも匡隆さんのほうが、私と結婚なんて嫌なんじゃありませんか？　それをご両親に言えずにいるなら――」

ずい、と匡隆が距離を詰めてきた。見上げる格好になり、こんなときだというのに、どの角度から見てもイケメンだ。もっとよく見たいという欲求が存分に叶えられて、胸が騒ぐ。

……いや、そんなこと思ってる場合じゃないでしょ！

改めて続きを訴えようとした紅葉より先に、匡隆が口を開いた。

「結婚する気がなければ、はじめからここには来ない。俺が来たのは、きみの気持ちを訊《き》くためだ」

真剣な眼差しと台詞《せりふ》に、どきりとした。幼いころに結婚が決まった相手がいるということを含め、特異な環境に育った箱入りだと友人たちには言われるけれど、紅葉だってごく一般的な女子だ。カッコいい男性を見れば見惚れもするし、理想の交際を夢見たりもした。まあ、実現はしなかったけれど。それが思いがけず今、憧れのシチュエーションが展開しているのだ。細かいところはともかく形的にはドンピシャで、胸が高鳴っても無理はない。

落ち着け、私……これは告白とは違うんだから。このまま結婚話を進めていいのかという確認で……。

それでも当然のように話を進めるのではなく、紅葉の意思を確かめようとしてくれたことが嬉しい。政略結婚ではあるけれど、紅葉を単なる駒でなく、心を持ったひとりの人間だと認めてくれている気がした。

……嬉しい……。

結婚相手がすり替わるという前代未聞の大事件に直面しながら、改めてちゃんと目にした匡隆のイケメンぶりや、食事中の穏やかな物腰と理知的な会話に意識を奪われ、こういう人と恋ができたらどうなるのだろう、と現実逃避のごとき思考に走ったのも確かだ。

しかし今はもう状況を理解したし、匡隆の立場と現状を考慮するくらいに落ち着いたつもりでいる。その上で、匡隆がこの結婚に前向きだと聞かされて、自ら紅葉の気持ちを確認してくれて、彼という男性の内側を垣間見た気がした。それはとても好ましく感じられて、そんな匡隆をいい人だな――好きだな、と思う。

……好き……？　この人を――。

自分の胸に問いかけて、鼓動がさらに走り出すのを全身で感じた。

これまでほぼ接点がなかった匡隆を好きだと感じている。これまで誰にも感じたことのなかったときめきのような感情の昂《たか》ぶりが胸の中を占めている。

初恋も未経験の紅葉だけれど、匡隆が自分にとって特別な男性だと感じる。

……ていうか、なんだか息苦しくて――。

いろんなことが起こりすぎて、落ち着いたつもりでいても、やはり紅葉はいっぱいいっぱいだったようで、くらりとよろめく。

「紅葉……！」

紅葉って、憧れの呼び捨て……。

ぽうっとなりながらも、匡隆にしっかり手を握られた感触に、はっとする。これもまた初めての、そして何度となく妄想したシチュエーションではあったが、突然のリアル体験に気持ちが追いつかなかったのか、紅葉は反射的に手を振り解いてしまった。

「すまない、つい——」

すかさず謝る匡隆に、それどころではない紅葉はかぶりを振って応《こた》え、感触が残る手を胸に押し当てた。

うわー……どんどん展開していく……だいじょうぶか、私。スタートが遅かった分、一気に巻き返してる感……。

しかし、それがまったく嫌ではない。むしろこれから匡隆とどんどん恋のルートを進んでいくのだと考えると、ときめきと期待しかない。

そうだよね？　進むんだよね？　だって、結婚するわけだし——。

紅葉はそう考えて、結婚の意思確認の返事がまだだったと思い出した。顔を上げると、匡隆はどこか心配そうな表情だったから、紅葉は思いきり笑顔を作った。とはいえ、精神的に限界だったせいか、顔の筋肉がうまく動かない感じだったけれど。

「……一条家に嫁ぐと、もう決めています」

よし、言った。

はっきりと結婚に同意する意思を告げたことに、紅葉は達成感を覚える。すぐに、もう少しロマンティックな返事がよかっただろうかと思いはしたが、匡隆の言葉も意思確認的だったから、まあ許容範囲だろう。要は、確認できればいいのだ。

私は匡隆さんと結婚して、幸せになるんだ。もちろん、匡隆さんにも幸せになってほしい。そんな夫婦になれて、温かな家庭が築けたらいいな。ううん、自分で頑張らなきゃだよね。

肝心の結婚相手との関係がうまくいかないまま、恋もできないままする結婚にも、気持ちを切り替えて前向きに進もうとしていた紅葉だったが、今はもう明るい未来しか見えない。眩《まぶ》しすぎて、逆に見えないくらいだ。

けれど、匡隆となら進んでいきたい。一緒に幸せになりたい。

どんな家庭を望んでるのかな……いや、その前に、どんな奥さんを望んでるんだろう。

隣を歩く匡隆に直接問うには、まだ気持ちの高揚が収まらなくて、うまく言葉がまとまらない。おかしなことを口走るよりは、次の機会を待ったほうがよさそうだ。その分、紅葉は頭の中で妄想を展開し、緩みそうになる口元を引き結んだ。

散策から戻った紅葉と匡隆は、縁談を進めてほしいとそれぞれの両親に報告した。

2

ホテルガイアの駐車場で両親と別れ、独り暮らしのマンションへ向かった一条匡隆《いちじょうまさたか》は、運転しながら片手を握りしめた。

やった……！　紅葉《くれは》と結婚できる。

兄の祥晃《よしあき》を追い出してから一か月近く、慌《あわ》ただしくも念入りに段取りをつけていた匡隆だったが、やはり今日の真室《まむろ》家側――ことに紅葉の反応が最大の懸念だった。紅葉自身も口にしていたが、祥晃でなければ婚約は白紙に、と言われる可能性も考慮していた。

もっともそのときは、なんとしても真室家と縁を繋ぎたいと望む父が食い下がるだろうと期待もしていた。母もまた、義理とはいえ念願の娘ができるのを待ち望んでいたから、匡隆はそんなふたりを後押ししつつ、自分も紅葉との結婚を希望していると強く訴えるつもりでいた。

しかしふたを開けてみれば、さほどの混乱もなく婚約がととのった。紅葉は匡隆との結婚に合意したのだ。

……一条家に嫁ぐと、もう決めています――。

あでやかな振り袖姿の紅葉を思い出しながら、同時に彼女の言葉が蘇《よみがえ》って、浮かれ気分が萎《しぼ》んでいく。直前には、よろめいた彼女を掴んだ匡隆の手を、振り払いもしたのだ。浮かべた笑みもぎこちなかった。

そう……そうだよな。

これまでの様子を見る限り、紅葉が特別に祥晃を好いていたとも思わないが、匡隆のことはそれ以上に眼中になかったはずだ。彼女自身がそう言ったように、一条家に嫁ぐことが主体であって、相手が誰かは二の次なのだろう。

それでも婚約にこぎつけたのは事実だ。一条家に嫁ぐことが目的だろうと、生理的にどうしても受け入れられない相手だったら、紅葉だって躊躇《ちゅうちょ》したはずだ。ふたりでバラ園にいたときも、嫌々な様子はなかったと思う。手を振り払われたのは——突然で驚いただけだ、と思いたい。

少なくとも、嫌われてはいない……よな？

今はそれで充分だ。

十二歳の紅葉にときめいて以来、兄の結婚相手と知りながらも、彼女への想いを年々深くしていった。彼女が嫁ぐタイムリミットが迫ったここ一年は、焦《あせ》りに追われる日々だった。節目ごとに紅葉に会いに行く兄を見てじりじりとし、当然のように紅葉の顔を見られる兄が憎らしくてたまらなかった。

ふたりの結婚なんて、絶対に認められない。しかし両家の親たちは、諸手を挙げて賛成している状態だ。当の祥晃は跡取りとしての義務と割り切って、しかし裏で好き放題に女遊びをしている。おそらく結婚後も悪びれることなく、そんな生活を続けるだろう。

そんな男にどうして紅葉を渡せるだろう。生まれる順番が違っただけで、なぜ紅葉を諦《あきら》めなければならないのか。

切羽詰《せっぱつ》まった匡隆は、ついひと月前まで、紅葉を奪って出奔《しゅっぽん》することすら計画していた。いや、ほぼ実行段階に入っていた。

そのさなかに、祥晃の汚職に気づいたのだ。祥晃は営業本部長の立場を利用して、数年前から取引先の病院担当者に、高価格薬品をサンプルと称して大量に渡し、金品を受け取っていた。さらに納品数をごまかしたりもしていた。

結婚話に待ったをかけるとりあえずの時間稼ぎと、祥晃の評価が下がることを期待して、匡隆は証拠を手に父に報告した。その後、父が社内調査を行ったところ、匡隆が見つけたよりもはるかに多くの犯行が発覚した。問い質《ただ》す父に対して、祥晃は不貞腐れて反省の色もなく、降格処分には無断欠勤という態度で応《こた》えた。さすがに父の堪忍袋の緒が切れて、解雇と勘当を言い渡されたが、祥晃はそのまま姿をくらました。

『会社はおまえに任せようと思う』

父にそう言われたときは、厄介《やっかい》ごとを背負うことになったと思ったものだ。大学を卒業したら自社に就職し、順当な昇進の末に社長の座が約束されている跡取りと違い、次男の匡隆は幼いころからある意味放任で育ってきた。勤め先も特に自社にしろと言われることもなかったが、紅葉の動向を知るには兄の近くにいたほうがいいと、それだけの理由で一条製薬に決めた。

入社後はそれなりに出自を考慮されたようだが、二十八歳にして第一営業部課長というポジションに就いたのは、己の実力もあると自負している。

今はだいぶ落ち着いたが、どんなに想っても実る可能性が低い恋に、学生のころは自棄《やけ》になって遊び歩いたり、無意味に争いごとを起こしたりもした。生来の気性も、良家の子息らしからぬ激しいところがあると認める。

しかし兄の失脚によって、運命が自分に味方したとわかってからは、かろうじて繋がりが切れていない程度になっていた悪友どもとの交友関係も一掃し、どこを突かれてもボロが出ないように身ぎれいにした。

すでに真室家との顔合わせのスケジュールが決まっていて、急ぎ事情を説明しようとする両親を引き止め、自分と紅葉の縁談を進めることを跡取りになる条件とした。ずっと紅葉を欲していたと正直に打ち明けて、痛くもない腹を探られるのも本意ではなかったので、跡取りとなるなら、すべて引き継ぐ、とだけ伝えたが、老獪《ろうかい》な父のことだから、もしかしたら匡隆の本心を見抜いているかもしれない。

いずれにしても真室家との縁を結びたい両親にとって、匡隆の意向は願ってもないことだったはずだ。当日まで口を噤《つぐ》んでいるなど、真室家に対しては非礼だったが、先方もまた紅葉を一条家に嫁がせることが第一だろう。両親にそう言い聞かせられてきたからこそ、紅葉はああ言ったのだ。

……一条家に嫁ぐと、もう決めています――。

それでも、紅葉の夫になるのは自分だ。彼女は匡隆の妻だ。

紅葉にとって、匡隆が結婚相手になったのは突然のことであるのだから、過度な期待は端からしていない。嬉々として受け入れられたら、そのほうが怪しい。これから自分を知ってもらって、一条家の御曹司ではなくひとりの男として、匡隆をいつか好きになってくれればいい。もちろん、できるだけ早く。

そのためにも、紅葉が理想とする以上の夫になってみせよう。

どんな男がタイプなんだろう……良家の子息というイメージなら、落ち着きがあって温厚で上品で……経済力があって決してケチでなく、誉め言葉も惜しまない。ああ、仕事上有能なのは言うまでもないな。

いろいろと挙げながらも、果たしてそれで魅力的と言えるのだろうかと、匡隆にはピンとこないのだが、大多数の女性が理想とするのはこんな感じだろう。

これからそばで紅葉の様子を見ながら、修整したり追加したりすればいいと考え、少し気分が浮き立ってくる。

結婚が決まったと言っても、自分たちがまだ形だけの関係だということは重々承知している。多くの男女にとって、結婚に至る最大の理由となる気持ちが伴っていない。

しかし今からそれを育むことは、決して不可能ではない。それこそが望みだと、匡隆も思っている。これほど惹《ひ》かれた人はいなくて、その紅葉と結婚できるのだから、形だけでなく彼女のすべてが欲しい。独りよがりな恋のままにしたくはない。

匡隆は銀座で車を停め、有名宝飾店のドアを潜《くぐ》った。婚約したなら、まずはエンゲージリングだろう。最近は一緒に店を訪れて、女性の希望を聞くのが主流だそうだが、匡隆の気持ちは逸《はや》っていた。まるで、一刻も早く指輪を贈らなければ、紅葉が決心を翻《ひるがえ》してしまいそうな焦りを感じる。

同時に、指輪を贈ったときに、彼女の驚く顔が見たい。匡隆の行動に対して、紅葉が初めて見せてくれる反応だ。

気に入らなかったときは、改めて一緒に選びに行けばいい。

そう思ったものの、匡隆なりに熟考に熟考を重ねて、紅葉への初めてのプレゼントを決めたのだった。

3

結婚が本決まりになってからというもの、真室家《まむろけ》は昼夜を問わず慌《あわ》ただしかった。いちばん忙しなくしているのは母で、紅葉《くれは》の嫁入り道具のチェックに余念がない。

「だって先方は元お殿さまの家柄なのよ。どんなに頑張っても、やりすぎってことはないわ」

そういう真室家も、一応お抱えのご典医だったわけだが、研究ばかりの父と結婚した母には、勉強が生き甲斐《がい》の一族という印象しかないらしい。紅葉の兄の青樹《せいじゅ》も、大学院卒業後は父の下で研究に励んでいる。

ちなみに両親が出会ったのは研究所だ。補助職をしていた母は、研究以外にまるで頓着しない父に、自分がそばについていなければという使命感に駆られたらしい。結果として、父は本当に運がよかったと思う。母がいなかったら、今の真室家は成り立っていなかっただろう。

兄は自然と研究の道に進んだが、幼いころに一条《いちじょう》家との縁談話が出た紅葉には、その立場にふさわしく王道の花嫁教育が施された。

小学校からエスカレーター式の私立女子校に通う傍《かたわ》ら、茶道華道書道、ピアノにバレエといった習い事に明け暮れた。今にして思えばよく従ったものだが、当時の紅葉はなんの疑問も持たず、童話の王子さまに嫁ぐお姫さまのようなものだと、むしろ張り切っていた。

違和感を覚えたのは、思春期を迎えてからだ。ひと口に女子校といってもさまざまなタイプの子がいるわけで、放課後は門前まで迎えに来ていた彼氏と手を取り合って帰っていく同級生も少なくなかった。

まだ相手がいない者は、出会いのチャンスを求めて友人の彼氏の友だちを紹介してもらったり、SNSで交流を図ったりしていた。そんな中にいれば、紅葉だって興味が湧く。自分も仲間に入ろうとしたところ、「紅葉はだめだよ。フィアンセがいるじゃない」と諭《さと》された。なにしろ同級生の面子《めんつ》はずっと変わらないので、小学校時代になんの気なしに打ち明けてしまった結果、紅葉に結婚の約束をした相手がいるという話は浸透していた。

『恋も知らずに嫁に行くんだねえ』

『御曹司だから安パイでしょ。探す手間が省けたじゃない』

なんてことを言われて、反発心もあったけれど、気持ちも通わせずに夫婦になるなんて、たしかに妙な話だと思った。紅葉が嫁ぐことが両家にとって益になるのは理解できたし、家の手助けができるのも嬉しいことだ。嫌だとは思わない。

けれど、恋を抜きにしての結婚は、十代の紅葉には考えれば考えるほど違和感が大きくなった。当然のことながら、恋の相手はいずれ結婚する祥晃《よしあき》一択なので、恋愛スキルがないなりに、紅葉も祥晃との距離を縮めようと試みはした。恥ずかしかったけれど、自分からデートに誘ったり、誕生日やクリスマス、バレンタインにささやかなプレゼントを贈ったり。しかし、ものの見事にスルーされたと言っていいだろう。

デート先として提案した美術館やクラシックコンサートは、つまらないと却下されたし、プレゼントも贅沢好みの祥晃にはお気に召さなかったようだ。いや、そもそも紅葉自身を気に入っていなかったのか。縮めるどころか、互いの距離が広がっていくようで、祥晃と恋愛を経て結婚に至るなんてことは不可能なのではないかと、不安と焦《あせ》りに駆られた。

祥晃とは無理でも、せめて一度くらいは恋がしてみたいと、合コンに参加したりして自ら機会を作っても、心惹《ひ》かれる相手に出会うことはなかった。ときめきもないまま交際に踏み切る気にもなれず、気づけばお一人さまのまま卒業を迎え、これが運命だったのだと、定められた人生に踏み出す決心を固めた。今はそんな気配が微塵《みじん》も感じられなくても、一緒に暮らしていれば、祥晃との関係も変わるかもしれないと、前向きに考えて。

……それが、土壇場で配役変更なんて……しかも、その相手を気に入ってOKしてしまうなんて……。

祥晃が放逐され、首を挿《す》げ替えるように結婚相手として登場した匡隆《まさたか》に、紅葉は驚きも怒りも悲しみもそっちのけで魅力を感じてしまったのだ。

突然新たな結婚相手が差し出されたというパニックのせいで、イケメンの匡隆によろめいてしまったのかと、自身の感覚に確信が持てずにいたけれど、バラ園に誘われてふたりきりで話をし、匡隆も戸惑《とまど》いながらも紅葉との結婚を前向きに考えた上で、気持ちを確認してくれたことに、彼への好意がはっきりした。

とにかく、匡隆を好きだなと感じ、彼と家庭を築いて幸せになりたいと思った。ホテルに着くまでは想像もしていなかった、前途洋々感がハンパなかった。

それに、後から気づいたことだけれど、匡隆はたぶん紅葉のタイプなのだ。そうは言っても中身はほとんど知らないので、見た目だけの話になってしまうけれど。

中身はこれからいやでも知るようになる。そこも不思議と不安はなかった。第一印象というのは、意外と侮《あなど》れないのではないだろうか。

……あっ、でも匡隆さんも、私の外見しか知らないわけで……どうだったかな？　振袖、おかしくなかったかな？　ていうか……どこかひとつでも気に入ってくれたところがあればいいけど……。

「紅葉、聞いてるの？」

母の声に、紅葉は我に返った。畳紙《たとうがみ》に包まれた着物に囲まれるように座った母が、ちょっとピリピリした視線を向けている。

「き、聞いてます」

紅葉は慌てて畳の上をにじり寄り、愛想笑いで応えたが、母は小さくため息をついた。

「いい？　このふたつが訪問着で、こっちが色留袖。そっちの青いのが付下げで、向こうが喪服——あ、喪服は夏用もあるからね」

「見ればわかるよ。私だって一応着付けも習ったし」

「帯はそれぞれ合わせて用意してあるから。襦袢《じゅばん》や襟《えり》はここにまとめてあります」

聞いてないな、と思いながらも、紅葉は殊勝に頷《うなず》いておいた。

「まあ、いざ着るとなったら、着付けてくれる人がいるだろうけど、必要品は揃えられるようにね。それより洋服はどうなの？　ちゃんとしたワンピースやスーツ、買っておいたほうがいいんじゃない？」

「持ってるので充分だよ。それよりお母さん、こんなにたくさん用意してくれてありがとう。ていうか、だいじょうぶなの？　うちの家計が破綻するんじゃ……」

二十歳を過ぎてから一着ずつ作ったものなので、そのときどきにはさほど気にならなかったけれど、全部並べてみるとかなりの枚数だ。出費もそうとうだろう。

「心配無用、と言いたいところだけど、費用は一条家が出してくれてるのよ、全部」

「えっ、そうなんだ……さすが。ありがたいね」

真室家の家計を脅《おびや》かさずに済んだと知って、紅葉は素直にほっとしたのだが、母は悩まし気に眉を寄せた。

「選ぶのはそちらでお好きなものを、って言われても、逆にセンスを問われそうでものすごく迷ったわよ。いっそ全部仕切ってくれてもよかったのに」

「え、そうかな？　わ、私はお母さんと選べて嬉しかったけど――」

必死のフォローに回っていると、デニムのポケットでスマートフォンが震《ふる》えた。ディスプレイに匡隆の名前が表示されているのを見て、紅葉は慌てて通話にする。

「はい！　紅葉です」

『先日はありがとう。今、ちょっといい？』

初電話だー……。

母の視線を感じながら、紅葉は座敷を出て廊下を進んだ。

電話越しでも、匡隆の声は耳に心地いい。特に今は耳元で囁《ささや》かれているような感じで、ドキドキしてしまう。

『忙しいとは思うんだが、会えないかな？　金曜の夜あたり、時間を作ってもらえる？』

これは……デート⁉

「……あ、はい！　もちろんだいじょうぶです」

時間と場所を決める以外にも言葉を交わした気がするのだが、電話を切ったときには内容は飛んでいた。

うわー……こんなふうに会えるんだ……。

考えてみれば結婚する相手なのだから、誰に憚《はばか》ることもないのだ。

「匡隆さんだったの？　なんて？」

襖《ふすま》から顔を覗かせた母に用件を答えると、慌てて座敷を飛び出し、紅葉の手を引いて二階へ向かった。紅葉の部屋のクローゼットを開き、服を引っ張り出す。

「これか……これ、かしらね？　それとも買いに行く？」

「いや、そんな」

「だって、最初のデートでしょ」

やはりそうなのかと思い、頬が熱くなるのを感じながらも、紅葉はあえて冷静を装った。

「打ち合わせかもしれないよ。いろいろ決めることもあるだろうし」

そう言いながらも、恋する相手との初デートに心が浮き立った。


金曜日の夕刻、待ち合わせ場所のカフェに行くと、すでに匡隆が席に座っていた。スマートフォンに目を落とし、ときおり画面を操作している。仕事帰りらしいビジネススーツだが、明るめの色のネクタイがよく似合っている。

あれ……？　まだ時間前だよね？　お仕事、早く終わったのかな？　それより私の格好、おかしくないかな……。

今日の陽気を確認して最終的に決めたのは、くすみグリーンのワンピースにベージュのジャケットという組み合わせだ。靴とバッグもベージュで、安定感を優先して、あまりヒールが高くないものを選んだ。

紅葉が近づいていくと、匡隆はふと顔を上げ、眩《まぶ》しさに目を細めるようにした。

「ごめんなさい、お待たせしてしまいましたね」

「いや、早く着いただけだ。どうぞ、なにがいい？」

メニューを広げてくれた匡隆に、紅葉は礼を言って紅茶を注文する。ずっと視線が注がれているのを感じて、紅葉はこらえきれずに顔を上げた。

「あの、……どこか変ですか？」

「えっ、いや」

匡隆は意外そうに目を見開いて否定した。

「でも、ずっと見てるから……髪が跳ねてるとか、リップがはみ出してるとか……さっきチェックしたんですけど」

紅葉が髪に手をやると、匡隆は気まずそうに口元に手を当てた。

「……申しわけない、ぶしつけだったな。つい、見惚《みほ》れたというか……」

みっ、見惚れる？　私に？

パンダ目になっていると指摘されるよりも、よほど鼓動が跳ねた。カップルになったら、本当に男性はこんなことを言ってくれるのか。それともイケメンで女性の扱《あつか》いにも慣れているだろう匡隆だから、さらりと言えるのだろうか。いずれにしても免疫がない紅葉は、これだけで内心大騒ぎだ。

「……そ、そんなこと言われたの初めてで……お世辞でも嬉しいです……」

「お世辞なんか言うキャラじゃないよ、俺は。本心からそう思った。この人が妻になってくれるんだなって……浮かれてる」

……ああ、もう！　二十二年も甘い言葉に縁がなかったのに、ここに来てまとめて投下されてるこの状況……。

いいなと思っている人に褒められるのは、なんて嬉しいのだろう。しかもちゃんと結婚を視野に入れての言葉で、匡隆と夫婦になるのは現実なのだと心が弾んだ。結婚相手がこの人で、本当によかったと思う。

しかし相変わらず匡隆の視線が注がれていて、紅葉は緊張と高揚がない交ぜになって、頬が赤くなるのを感じた。

「……すみません、褒められ慣れていないから、ちょっと戸惑って……あの、今日はなにか？」

「なにって、特に用事は……食事でもと思ったんだけど、気が進まない？　そういうので会うのはだめだったかな？」

「いいえいえ！　ごめんなさい、失礼なことを言って。その、あまり経験がないもので……」

あまり、とつけたのは、ほんの少しの見栄だ。

「よかった。実は店を予約してあるんだ。イタリアンはだいじょうぶ？」

匡隆は終始おっとりと対応してくれるので、気づけば紅葉も緊張を解いて話が弾んでいた。

連れていかれたのは、イタリアンでもリストランテと評される名店だった。そこの個室がリザーブされていて、紅葉はテーブルマナーを頭の中で復習しながら席に着いた。

「紅葉さんは、飲めるほう？」

あれ……？　今日は、さん付けなんだ？　ちょっとがっかり……私が経験がないなんて言ったからかな？　ゆっくり進めようとしてくれてる？

「飲めないほう、です。あ、一杯くらいならどうにか」

「承知した。じゃあ、選ばせてもらうね」

匡隆はソムリエと相談しながら、よどみなくワインとメニューを決めていく。こんなところもスマートでカッコいいと思う。セレブだから行きつけで慣れているのかもしれないけれど、知らないことは躊躇《ちゅうちょ》なく訊《たず》ねるところも好感が持てる。というか、もう匡隆がなにをしても全力で肯定してしまうくらい、紅葉は匡隆とこのシチュエーションにはまっている。

デートって、こんなにワクワクするものだったんだ……匡隆さんを見ているだけでも楽しいなんて、不思議……。

こんな経験をまったくすることなく生きてきたのが悔やまれる。いや、初めての、そしておそらく最後の相手が、匡隆なのを喜ぶべきだろう。

「俺のお勧めと、新しいメニューを頼んでみた。牛ステーキは好き？」

「大好きです」

最初に運ばれてきたのはスパークリングワインだった。サーブしたソムリエが退室していくと、紅葉は匡隆に合わせてグラスを手に取る。

「これからの人生に」

茶化す気になんてなれないくらい陶然《とうぜん》としてしまう。唯一気にかかるとしたら、このハイクラスなやり取りを日常とする生活に馴染めるかということだ。しかし今は、夢見心地のシチュエーションに浸《ひた》ろう。

グラスを合わせてひと口飲んだところで、匡隆は口を開いた。

「肉が好物かということひとつとっても、互いのことでまだ知らないことが多い。ほとんど知らないと言ってもいいな。それを知るためにも、これからもこんなふうに誘いたい」

紅葉はこくりと頷いた。それこそ物心ついたころから存在は知っていたけれど、一緒の時間を過ごしたのはわずかで、交わした言葉も数えるほどだ。匡隆について、なにも知らないに等しい。自分も匡隆のことを知りたいと思っている。

「もちろん、喜んで。私も匡隆さんのことをいろいろ知りたいです。まず……お魚とお肉ではどちらが好きですか?」

「断然肉だ。それも、アメリカ風のTボーンステーキとかが好みかな」

「え、意外」

「皿の真ん中にちょんとひと口じゃ、もの足りないじゃないか。血が滴《したた》るようなのを、がっつり頬張りたい」

「おお……男らしいですね……」

紳士然とした見た目なのに、中身はけっこうワイルド系なのだろうか。身近な異性は父と兄くらいで、ふたりともいかにも研究者風な草食系だから、ちょっとびっくりした。

「あ、引かれたか?　そういう店ではふさわしく振る舞うよ、もちろん」

慌てたように言い足す匡隆に、紅葉ははっきりと首を振った。

「いいえ、全然。お勧めのステーキ屋さん教えてください」

「うん、今度誘う」

生ハムとフレッシュチーズを載せたブルスケッタを前菜に、単純な質問と答えを繰り返しながら、互いを知っていく。匡隆お勧めのカラスミとシラスのパスタ、トリュフのリゾットと進み、新メニューの炭火ステーキには生ウニがあしらわれて、付け合わせはアンチョビ風味のポテトと、満足なボリュームだった。途中から紅葉にはミネラルウォーターをサーブしてくれたので、心置きなく食事を楽しめた。

ていうか、食べすぎちゃったんじゃ……。話をしながらだったから気づかなかったよ……。

匡隆本人は食欲旺盛だが、果たして女性の食事量はどのくらいが好みなのか。紅葉自身は、見かけのわりに胃袋が大きいと言われるタイプだ。

「ドルチェはなにがいい？」

ワインを飲み干した匡隆に問われて、紅葉は手を振った。

「いいえ、もう――」

「イチゴのティラミスがあるそうだよ」

「う……それをお願いします……」

「チーズ好きだって言ってたもんな」

いつの間にか匡隆の口調は、ずいぶん気安いものになっていた。それがふだんの姿で、その面を紅葉に見せてくれているなら、また少しだけ彼を知ったことになる。

ドルチェとエスプレッソをオーダーしたところで、匡隆は居住まいを正した。

「実は今日、これを渡したくて――」

テーブルクロスの上をすっと滑ったのは、ビロードの小さな箱だった。

「えっ……」

紅葉の胸はたちまち高鳴り始めた。

それがリングケースだということは、言われずともわかる。しかし中に本当に指輪が入っていて、それを紅葉にくれるのだろうか。結婚することになったのだから、指輪を贈られても不思議はない。一条家の匡隆なら当然そうするだろう。そう思っても、不思議で意外な気がした。同時に、結婚というものが急にリアルに感じられる。

私……本当にこの人と結婚するんだ……。

諦《あきら》めのような気持ちで迎えるはずだった結婚がこんな形になるなんて、喜びが紅葉の胸をいっぱいにした。

「気に入ってもらえたら……そして指にはめさせてくれたら嬉しい」

匡隆の手の中でふたが開かれ、ダイヤモンドのリングが照明に輝いた。

「……きれい……」

アクセサリーの類《たぐい》は、せいぜいカジュアルなピアスをつけるくらいで、指輪をはめたことはない。それでも目の前のリングは、ハイクラスなものだとわかった。潔いほどシンプルなデザインで、だからこそダイヤモンドのクオリティの高さが歴然としている。一条家なら当然とも思うけれど、いざ目の前にすると怯《ひる》みそうなくらいだ。

「ふたりで選ぶという選択もあったけど、少しでも早く渡したくて……これでいい？」

紅葉はぎこちなく頷いた。

「私なんかにはもったいないくらいです……」

「そんなことないよ。俺の妻になってもらうんだから」

一条家の嫁なら、このくらいの指輪を身に着けるべきだということだろうか。すごい家に嫁ぐのだと、改めて身が引きしまる。

匡隆はリングをつまみ上げると、紅葉に手を差し出した。

「紅葉さん、俺と結婚してください」

うわー……プロポーズだ。

ドラマティックなシチュエーションは何パターンも思い浮かべたけれど、今のこの瞬間に勝るものはない。匡隆に結婚を乞《こ》われる嬉しさに、胸が苦しくなる。

「……はい……」

そっと手を伸ばすと、匡隆は紅葉の手をしっかりと握った。匡隆に手を握られたのは、顔合わせのときにバラ園で、一瞬ぎゅっと掴まれたのが初めてだけれど、あれは事故的なものでカウントされないだろう。大きくて力強く温かな手に、思いがけず指先が跳ねてしまい、匡隆は慌てたように力を抜いた。改めて紅葉の手を支えるようにしながら、薬指にリングをはめてくれた。ダイヤモンドの輝きに圧倒されて見入っていた紅葉は、はっとして匡隆を見上げる。

「ありがとうございます」

「こちらこそ、受け取ってくれてありがとう。よく似合う。サイズもいいみたいだ」

それを聞いて、紅葉は目を丸くした。

「どうしてサイズがわかったんですか？　自分でも知らないのに」

「なんとなく」

そう言って笑みを浮かべた匡隆だが、紅葉が本気で驚いているのを見て苦笑に変わった。

「いや、実はずっと目測してたんだ。顔合わせの食事中、箸《はし》と比較してみたり、連絡先を交換するときに、スマホと比較してみたり……内心必死だった」

「そんな……訊《き》いてくれればよかったのに――あ、調べないとわかりませんでしたけど」

再び匡隆が笑顔を見せる。

「内緒で用意したかったんだよ。喜んでくれる顔が見たかった」

……嬉しすぎる……。

こんなに夢のようなことばかり起こっていいのだろうか。満たされまくりで、政略結婚なんて言葉が吹き飛んでしまう。

「嬉しいです、とても……」

それに、婚約者としての紅葉を匡隆が思いやってくれているのが伝わってきて、それも嬉しい。恋愛感情からではなくても、関係を尊重してくれているのだろう。

紅葉もそんな匡隆に応えて、彼が望む妻になれるよう努めようと、改めて思う。きっと穏やかで明るい家庭が築ける。そしていつか、愛し合う夫婦になれたら――。

ドルチェとエスプレッソをゆっくりと味わいながら、婚約したてのカップルらしい話題で話に

花が咲いた。結婚指輪はふたりで選ぼうとか、ハネムーンはどこがいいかとか。

新居に関しては、すでに都内の高級住宅地に土地が用意されていて、そこに匡隆は家を建て始めていると知って、紅葉は驚いた。細かい変更はいくらでも受け付けるから、希望を聞かせてほしいと言われても、漠然《ばくぜん》としすぎて思いつかない。

これがセレブってものか……。

呆然《ぼうぜん》としていた紅葉の反応が薄く見えたのか、匡隆は気にしたように首を傾げた。

「白金《しろかね》は気に入らない？」

「えっ、いいえ！　そうじゃなくて……匡隆さんのマンションに住むと思っていたので……」

匡隆が今暮らしているのは高輪《たかなわ》のタワーマンションで、間取りも３ＬＤＫだと聞いていたから、ふたりで住んでも充分だろう。

「あんなところでいいのか？　見晴らしはいいけど、すぐに手狭になると思うな」

「そうでしょうか？　でも、三部屋あるんですよね？」

「一度遊びに来る？」

顔を覗き込むように言われて、紅葉はなんと答えたらいいのか戸惑った。というか、顔が近くてドキリとする。

「まあ、気が向いたらどうぞ。前もって言ってくれたら、きれいにしておくから」

匡隆はあっさりと引いて、話題を変えた。

べ、べつに婚約者の部屋に行ってもおかしくないよね？　でも、行きたいって言うのも、なんだか図々しいような気がして……。

婚約しても、指輪をもらっても、やはり俄《にわか》に出来上がった関係で、どんな距離が正しいのかわからない。いちばんの理由はたぶん、紅葉は匡隆を好きだけれど、匡隆が本心からこの結婚を望んでいるかどうかわからないからだ。いや、結婚する意思はあるのだろう。紅葉自身を愛しているわけではないだけで。

でも……それを忘れそうになるくらい、完璧なエスコートをしてくれる。

そんなふうに気づかってくれる程度には、紅葉を受け入れてくれたのだと捉え、これからもっと好かれるように努力しようと思う。政略結婚だろうとなんだろうと、夫婦になるのだから揃って幸せになりたい――。

紅葉は固辞したのだが、自宅まで送ると言われた。

「遠いですから！　横浜の山の手とは名ばかりで、むしろ山で……あ、ご存じでしょうけれど……」

「送っていきたいんだよ。フィアンセを夜にひとりで帰せない。俺の安心のためだと思って――あ、もしかして逆に身の危険を感じたりしてる？」

「そ、そんなことは……じゃあ、電車で」

ワインを飲んだので、匡隆は当然のようにタクシーで送ってくれようとしたのだが、庶民感覚で育ってきた紅葉にそこは譲れなかった。

横浜駅で地下鉄に乗り換えようとした紅葉を、匡隆は呼び止めた。

「少し散歩しない？」

界隈《かいわい》の店もまだ営業中の時間帯だったので、紅葉は頷いて匡隆と歩き出した。

「今度は横浜で会おうか。そうすれば帰りも焦らなくていい。案内してくれる？」

往復させてしまうことを考えると、たしかにそのほうがまだいいかもしれない。

「匡隆さんと一緒なら、門限も厳しくないと思いますけど……意外と地元は不案内なので、調べておきますね」

大きな公園の中は、海を隔てた港の夜景が見渡せた。日中は多くの人が憩う場所だが、この時間になると人影もまばらだ。

アーチを描く橋のたもとで、匡隆はさりげなく手を差し出した。

うわー……デート感満載だ。

まさか自分にこんな機会が訪れるとは、ついこの前まで想像もしていなかった。少し恥ずかしかったけれど、それよりもこのタイミングを逃したくなくて、紅葉は匡隆の手に手を重ねる。そっと包む手のひらが温かい。

「拒否られなくてほっとした」

そんな声が聞こえて、紅葉は小さく笑いながら顔を上げる。

「そんなこと、あるはずないじゃないですか。さっきだって、指輪をはめてもらったし」

家同士の縁談だということを払拭《ふっしょく》するかのように、世の多くカップルのような演出をしてくれる匡隆の思いやりが嬉しい。けれど紅葉は、匡隆とのやり取りがすべて本物になるのを願う。だから少しずつでも、自分の本心を伝えていこうと思う。匡隆が受け入れてくれたらいいのだけれど——。

……ううん、弱気になっちゃだめだ、私。愛される妻を目指すのよ！

「そう？　じゃあ、これも許してくれる？」

ふいに匡隆は立ち止まり、繋いだ手で操るように紅葉を向き合わせた。今さらながら匡隆は背が高くて、紅葉の目線は喉元にも届かない。

温もりを頬に感じて目を上げると、紅葉の頬を包んだ匡隆が顔を近づけてきた。

わ……——。

最初に感じたのは温かさと、男性でも唇は柔《やわ》らかいのだということだった。匡隆とキスをしていると自覚してからは、もうなにも考えられず、硬直していたと思う。

わずかに濡れた感触があったのは、唇を舐《な》められたのだろうか。思わず肩を揺らした紅葉に、匡隆はゆっくりと離れていった。

こういうとき、どんな顔をすればいいの……？

気持ち的には嬉しい——と言っていいのだと思う。いや、それで間違いない。なにしろ遅咲きも極まれりのファーストキスで、しかも匡隆が相手だ。しかし笑うのもなにか違う気がするし、無反応もだめだろう。それ以前に、今はなにもできそうにない。

「あっ……」

すっぽりと包まれるように抱きしめられた。ほのかにトワレのいい匂いがして、紅葉は無意識に匡隆の胸に顔を押しつけた。

「……ありがとう」

深いため息のような匡隆の囁きが、頭上から聞こえた。


両家で相談し、というよりも一条家先導で、結婚式と披露宴は来年の春ということになった。日取りと場所がはっきり決まれば、それに向けてあれこれと準備が始まる。ずいぶん先のことに感じるが、いざ細かいスケジュールを羅列していくと、なかなか忙しい。

と言っても、紅葉はそれに専念できる時間があるが、匡隆はそうはいかない。突然、後継者となったこともあって、結婚式まではそれにふさわしく社内での役職が上がっていくらしい。本来は無縁のはずだった業務にも携わる必要があり、改めて勉強し直すことが多いと、苦笑していた。

苦笑で済むところがすごいよね……慌ててるようにも見えないし、なんのかんの言っても実力があるんだろうな。

実際、忙しいはずの匡隆は、週二ペースで紅葉に会ってくれた。紅葉が恐縮する頻度で、控えめに仕事はだいじょうぶなのかと訊いてみたのだが、公私の区別はきっちりつける性分で、仕事には集中していると言われたら返す言葉がない。

『紅葉は会いたくないのか？』

おまけに、せつなげに目を細めてそんな台詞《せりふ》を言われたら、なにも言えなくなる。胸がときめいて。とにかく匡隆の言動は完璧で、紅葉はこれが政略結婚だということも、匡隆が紅葉に恋をしているわけではないことも、忘れてしまいそうだ。

そう、匡隆からは呼び捨てにされるようになった。それがまた距離が近づいたように感じられる。キスも――両手の指で足りなくなるほどした。この前は匡隆の舌に促されて、自分からも絡めるようなことをしてしまった。

匡隆がエンゲージリングを求めたという店で、結婚指輪の下見をした帰り、紅葉は初めて匡隆のマンションを訪れた。

タワーマンションの最上階でメゾネットタイプのそこは、たしかに３ＬＤＫともいうのかもしれないけれど、他にいわゆるサービスルームがあり、ひと部屋ずつも予想していたよりはるかに広かった。リビングなんて、どこの高級ホテルのスイートルームかと思うくらいだ。

「すごいお部屋……きれいにしてるんですね」

「紅葉が来るから大掃除した、と言いたいところだけど、実家から月二回、ハウスキーパーが派遣されてくる」

あっさりと種明かしをした匡隆に、プロの仕業かと、紅葉は内心ほっとした。なんというか、男性目線では気にしないようなところまで、掃除が行き届いているように見えたのだ。

他の女性に掃除させたのだろうかと一瞬頭をよぎったが、匡隆が過去に誰とどんなつきあいをしてきたとしても、それが続いているとは考えたくない。

やだな、私……なんでこんなによけいなことを考えちゃうんだろう。私に対して今、これ以上ないくらい誠実に対応してくれてるのに……。

結婚相手と決まってからの彼が、紅葉にとっての匡隆だ。その匡隆にこれまで一度として嫌な思いをさせられたことがなく、むしろ心躍る体験ばかりさせてもらっている。邪推するのは失礼というものだ。

「どうかした？　自分で片付けもできないなんてだらしないと、がっかりさせた？　でも、もともとそんなに散らかすほうじゃないから安心して」

「……いえ、なにも――」

紅葉はかぶりを振ったが、しばらくこちらを見つめていた匡隆は、はっとしたように紅葉の手を握った。

「もしかして、なにか誤解してないか？　キーパーじゃなくて他の女なんじゃないかとか。頼むからそんな想像をしないでほしい。そりゃあ、これまでずっとなにもなかったとは言わないけど、きみと結婚すると決めてからは、よそ見なんかしてない」

思いがけず匡隆の反応が大きくて、紅葉は想像したことだけでも匡隆に申しわけなくなった。そんなこと思っていなかったと言い繕う余裕もなく、己の邪推を恥じて俯《うつむ》く。

「きみだけだ……」

耳に届いたその声に、紅葉は目を閉じて深く頷いた。ただ否定するだけでもよかったのに、匡隆は過去も含めて語ってくれた。その誠実さを信じよう。好きな人が、今は紅葉だけだと言ってくれているのだから、不満も不安も抱く必要はない。

「……そうですよね。変な話になってごめんなさい」

おずおずと見上げると、匡隆は眉間《みけん》にしわを寄せながらも、首を横に振った。

「いや、不安にさせたなら俺が悪い。他に気になることがあれば、なんでも言ってほしい。きみを悩ませるなんて本意じゃないし、それが原因で結婚が嫌だなんて言われたら、俺は――」

「そんなこと言いません！　結婚するって決めたんです」

この件で結婚が白紙になるなんて考えられなかったし、匡隆を嫌だと思ったなんて、間違っても思われたくない。

紅葉も必死になって言い返すと、匡隆は思いきりハグしてきた。息苦しいほど締めつけられている胸が、匡隆への想いで膨らんでいるのを感じる。

ああ、好きだなぁ……。

はじめはときめきを感じたこと自体に心が躍っていたところが、多分にあった。しかし今は、相手が匡隆だからこんなにも気持ちを揺さぶられるのだと思う。彼を好きになれたことは、最大の幸運だ。

匡隆が運転する車で送ってもらった帰り、別れ際に車内で唇を触れ合わせるだけのキスをする。そのとき、匡隆が呟《つぶや》いた。

「早く結婚してしまいたいな。そうすれば、きみを帰さなくていいのに」

心臓が跳ねて、頬が熱くなる。

見送られて玄関のドアを閉じ、紅葉は胸を押さえて息をついた。

……もう、もうもうもう！　なんてすてきなの！　これが本当に政略結婚？　大恋愛の末のゴールインにしか思えない――。

「ドアに張りついて、なにをもうもう言ってんだよ。牛か」

風呂上がりの兄がタオルで頭を拭《ふ》きながら、胡散臭《うさんくさ》そうな視線を向けているのに気づいて、紅葉は我に返った。もう少しデートの余韻に浸っていたかったのに、いきなり現実に引き戻されてがっかりだ。

「牛ってなによ？　失礼ね」

靴を脱いで廊下を進んだ紅葉は、兄の横を通り過ぎざまに鼻先を掠《かす》めた香りに、振り返った。

「やだ、お兄ちゃん、私のシャンプー使ったでしょ？　あれ高いのにー」

「あ？　そうか？　間違ったかな……洗えりゃなんでもいいんだって」

「そんな雑でよく研究なんてできるね」

そう言って、すたすたとリビングに向かおうとした背中に、兄の声が返ってきた。

「そう言うおまえからは、男っぽい香水の匂いがするけど？」

思わずぎくりとして足を止めた紅葉だったが、気まずく感じたのは一瞬で、匡隆の匂いに包まれているのを嬉しく思った。兄の目がなければ、自分の匂いを嗅ぎたいくらいだ。

なんの香水つけてるんだろう……？　教えてもらって、同じの買っちゃおうかな。『そんなことしなくても、これからそばにいるだろう』なんて言われちゃったりして。

今の自分は結婚前の幸せいっぱいな女性だと、紅葉は足取りも軽くリビングのドアを開けた。

「ただいまー」


一条夫人の誕生日に、紅葉は松濤《しょうとう》の一条邸を訪れた。休日だったが、匡隆は接待ゴルフで、後から来るとのことだった。

都内でも有数の高級住宅地に建つ一条邸は、周囲を圧倒する広い敷地に、洋館風のどっしりした佇《たたず》まいの豪邸だ。

濃紺のブラウススーツで装い、花束と夫人の好物だという和菓子を手に緊張して訪問したが、夫妻は温かく迎えてくれた。

「お誕生日おめでとうございます。ささやかですが……」

「まあ、ありがとう！　嬉しいわ。きれいなお花！　娘に祝われるって、こんな感じなのね」

「紅葉さん、私の誕生日は十月だからね」

「は、はい！　存じております」

会うのは顔合わせ以来だが、夫妻は一気に親しみを増して接してくれたので、紅葉はひとりでもリラックスできて会話も弾んだ。

「親を頼らないというか、よく言えば独立心旺盛というか、基本的に自分で決めて進める奴でね。言えばいくらでも援助したのに、あのマンションも自分で買ったんだよ」

一条氏の言葉に、紅葉は驚いた。どう考えても、社会人になって数年で買える物件ではない。

「そうなのよ、学生時代から株をやっていたらしくて。なんていうの、ああ種銭？　あれもアルバイトして貯めたらしいわ」

「そうなんですか……才能ですね」

紅葉の感想に、夫妻は悪い気はしない様子だ。

「あれが後を継いだら、きっと会社も変えていくんだろうな。紅葉さん、どうか匡隆を支えてやってくれ」

身を乗り出した一条氏にそう言われ、紅葉は慌てて頭を下げた。

「私に務まるかどうか不安ですが、精いっぱい尽くすつもりです。どうぞよろしくお願いします」

「嫌だわ、そんなに畏《かしこ》まらないで。これもご縁ですもの、私たちのことも親と思って、なんでも相談してちょうだいね。匡隆に不満があるときは、いつでも遊びにいらっしゃい」

そんなティータイムを過ごしていると、サロンと呼んだほうがふさわしいようなリビングのドアが開き、匡隆が姿を現した。ゴルフウエアのままだ。何度か私服姿を目にしたけれど、ここまでカジュアルな服装は初めてで、胸板が厚く二の腕も筋肉質だと知った。着痩《きや》せするタイプらしい。

「やあ、ご苦労だったな」

「おかえりなさい。ずいぶん早かったのね」

両親の言葉に頷きを返しながらも、匡隆の視線は最初から紅葉に注がれたままだ。

「……お疲れさまでした」

「ああ、きみも」

そう言って、紅葉の隣に腰を下ろした。

「やっと口を開いたか。俺たちじゃ声も聞かせてくれないらしいぞ」

「紅葉さんにそんな態度を取ったら、許しませんよ」

一条氏は肩を竦《すく》め、夫人は眉を逆立てた。その夫人に向けて、匡隆は封筒を差し出した。

「誕生日おめでとう。親父と出かけたら？」

中を見た夫人の目が輝く。

「あら、歌舞伎座じゃない！　まあ、いいお席！　ふふ、今夜は【時門《じもん》】の鰻《うなぎ》にしたのよ。あなたも好きでしょう？　紅葉さん、鰻は食べられるのよね？」

料亭の系列だという店から取った鰻重は、唸《うな》ってしまいそうなほど美味だった。食事中も、中学時代の匡隆が、今日のように鰻重を注文した際に、いつの間にかふたつ目を追加注文していたというエピソードが披露された。

「呆《あき》れるでしょう？」

「自分で払ったんだからいいじゃないか」

「それが可愛《かわい》くないって言うんだよ」

噂では長男と次男で手のかけ具合がずいぶん違ったというが、こうして見ているといい関係のように思う。放任だったわけでなく、匡隆が手のかからない性格だったのだろう。母親が喜ぶプレゼントを用意しているあたり、親子関係は良好のようで微笑ましい。

デザートのサクランボをつまみながらコーヒーを飲んでいると、ふいに匡隆が口を開いた。

「先に入籍して同居しようと思う」

一条夫妻も目を瞠《みは》ったが、紅葉はコーヒーでやけどしそうになった。

いっ、いきなりなにを……。

ふと思い出したのは、先日の別れ間際のことだ。結婚してしまえば、帰さなくていいのに——というような囁きに、紅葉も胸を騒がせたのだった。

しかし、まさか実行しようとしていたとは。紅葉の気持ちのボルテージは日々上昇の一途を辿《たど》っているので、結婚が早まることに異論はないけれど。

夫妻は顔を見合わせて、まず一条氏が唸った。

「家はまだできてないだろう」

「俺のところでいい。紅葉も充分な広さだと言っていたし」

確認するように振り向かれて、紅葉は言葉に詰まる。

……言いました。言ったけど、そういう意味じゃ……結婚式前に同居って、入籍が済んでてもどうなの？　一条家的に。

「そういう相談は、食後の雑談でするものじゃないだろう」

「相談じゃなくて報告だよ」

「これだ。相変わらずと言うかなんというか」

一条氏はかぶりを振って、両手を上げた。

「どうせなにを言ったって、したいようにするんだろう。俺たちはそれでもいいが、真室家にはきちんと話を通して許しをもらうんだろうな？　先方の大切なお嬢さんだ」

「そうですよ、匡隆。あちらのご家族に納得していただかなきゃ、進められないわ」

匡隆は軽く頷いて口端を上げた。

「行くよ。明日、行ってくる」

紅葉は呆然として、匡隆の横顔を見つめた。いつも優しく紳士的で、紅葉の意思を尊重してくれていた匡隆の、また違う面を見た気がする。

そして、新たに大きな変化が起こりそうだった。しかしそれもまた、紅葉の期待を膨らませた。


その夜、紅葉は両親と兄が揃ったリビングで、明日の匡隆の訪問理由について前もって打ち明けた。

「まあ……そうなの？　あちらのご両親は賛成なのかしら？」

「匡隆さんの意思に任せるみたい。でも、うちの意向に従うようにって」

母と紅葉のやり取りを聞いていた兄の青樹《せいじゅ》が、煎餅を齧《かじ》りながら面白いことに気づいたというように指を鳴らした。

「降って湧いた跡継ぎの座に焦ってるんじゃないか？　さっさとことを進めておけば、万が一長男が戻ってきても安泰だ、とか」

そう言えばそんな経緯だったのだと、言われて思い出す。もとは祥晃と結婚するはずだった。しかし匡隆と結婚すると決めてから、彼の印象がどんどん強くなっていって、祥晃のことなど思い出しもしなかった。

一条家を訪れたときも、祥晃の痕跡《こんせき》はまったく見当たらず、一条夫妻も口に出すことはなかった。彼は今、どうしているのだろう。間違っても祥晃に未練などないし、いずれ親族となる相手としての関心も薄いけれど。

兄の言葉を、母が窘《たしな》める。

「青樹、そんな言い方するもんじゃないわ」

「わかるもんか。待ってましたとばかりに、なにもかも代わりに手に入れただろ」

研究者らしく論理立てているつもりなのかもしれないけれど、軽薄なゴシップ記事のような思考に、紅葉は内心むっとした。

それなりに見た目が整っている兄は、モテないわけではないのだろうけれど、デートをする時間があれば研究室にこもったほうが有意義と言って憚《はばか》らない。自宅と研究所を行き来する日々なので、息抜きに紅葉を揶揄《からか》って楽しんでいる節がある。

「……それで、紅葉はどうしたいんだ？」

黙って腕組みをしていた父が口を開いた。

「私、は……」

父だけでなく母と兄の視線も集中して、紅葉は言葉を途切れさせた。

前もって匡隆の訪問理由を知らせようとしたのも、話し合いがスムーズに進むようにと考えてのことだ。つまり、紅葉の気持ちも決まっている。

「……これから匡隆さんはどんどん忙しくなると思うの。私がそばにいれば、それを少しでもフォローできるんじゃないかと……来年の結婚式まで待っても、その間、今日みたいに送ってもらったりしてたら、逆に迷惑をかけてしまうし」

そこまで言って反応を窺《うかが》うように口を閉ざすと、リビングに沈黙が流れた。

え……だめ、かな？　でも入籍してちゃんと夫婦になるんだし、遅かれ早かれっていうか……。

父は背中を丸めるようにして深く息をつくと、今度は伸びをするように天井を見上げた。

「急展開だなあ……まあ、覚悟は決めてたんだが」

そう呟いて、紅葉を見た。

「おまえがそのつもりなら、反対はしない」

「あ……ありがとう……」

母も弱々しく微笑んで頷き、気持ちを切り替えるように手を叩いた。

「そういうことなら、ますます忙しくなるわね。紅葉はまず、部屋の片付けをしなさい。立つ鳥跡《あと》を濁《にご》さず、よ」

兄は立ち上がって頭を掻きながら背を向けた。

「あーあ、俺も婚活始めようかなー」

それぞれの反応に、紅葉は胸が苦しくなるのを感じた。二十年以上続いてきた家族の形が変わろうとしていることに、誰もが一抹の寂しさを抱えている。しかし、それを押して送り出そうとしてくれている。

紅葉にできるのは、これまで以上に幸せになって、両親と兄を安心させることだ。

ありがとう、お父さん、お母さん、お兄ちゃん……私、匡隆さんのいいお嫁さんになれるように頑張るからね。


梅雨の最中、紅葉と匡隆は区役所に出向いて入籍を済ませ、その足で高輪のマンションに移動した。

荷物は衣類と身の回りのものだけにしたので、前もって宅配便で送るだけで済んだ。

「なんだか不思議な感じ……書類を出しただけで、もう夫婦だなんて」

マンションの地下駐車場で車を降り、匡隆と並んでエレベーターに乗り込みながら、紅葉はそう呟いた。

「そうか？　まあ、結婚式を挙げて、周囲から祝われるのとは違うかもしれないな。しかし、来年には間違いなくそれも味わえるよ。というか、きみの花嫁姿を見ないなんてありえない」

心配しないで、と言われて、紅葉はかぶりを振った。

「心配なんてしてません」

「うん、それにこれでジューンブライドだしね」

「あ……そうですね」

結婚の時期を選べるなら六月と希望する女性は多く、天候の不安はあっても結婚式の件数も多いのだろう。それが入籍を急いだ理由ではないのだろうが、さらっと出てくるあたりが、女性心理を心得ている。

ついに本当の夫婦になったから、というわけではないけれど、紅葉はますます匡隆に魅力を感じるようになっていた。

デートを重ねるたびに、外でのスマートな振る舞いや完璧なエスコートに、夢見心地になることもたびたびだった。しかも一緒に歩いていると、女性の視線が気になってしまうほどのイケメンだ。免疫のない紅葉が浮かれてしまっても無理はない。

そんな匡隆がつねに紅葉だけを見て、恋愛真っただ中のような雰囲気で包んでくれる。ずっと恋愛と縁のないまま過ごしてきた人生が、一気に花開いたような心地を味わっていた。

おとなで、仕事もできて、優しく、しかしときおり見せる茶目っ気も微笑ましい。そんなところに、ほっとして親しみを覚えもする。とにかく知れば知るほど、匡隆をもっと好きになっていく。

こんなにすてきな人の妻になれたなんて……ああ、やっと実感が湧いてきたかも。今日から私は、一条紅葉なんだ。

ともすれば頭から抜け落ちそうになるが、この結婚は両家が縁を結ぶべく望んだものだ。それが末永い絆《きずな》となるように、匡隆とはもちろんのこと、一条家ともいい関係を築いていかなければならない。匡隆の妻になれたことばかりに浮かれて、一条家に嫁いだことを忘れてはいけない。

それでも匡隆が前述のとおりに紅葉を思いやってくれ、まるで相思相愛の夫婦のような態度だから、たとえ今は片想いだとしても現状に満足している。一条夫妻も好意的で、うまくやっていけそうだと心配はしていない。こんなにすべてが順調でいいのかと思ってしまうくらいだ。

「さあ、どうぞ」

玄関ドアを開けた匡隆は、紅葉の背中をそっと押した。

上がり口には、先日ふたりで選んだ揃いのスリッパが並んでいた。それに履《は》き替えてリビングに向かう。

吹き抜けになった一面ガラス張りの窓からは、都心の景色が見下ろせて、前回も見たはずなのにまた圧倒されてしまう。

「すぐに見飽きるよ。コーヒーでいい？」

背後でくすりと笑った匡隆に、紅葉ははっとして踵《きびす》を返した。

「私が淹《い》れます」

「いいよ、疲れただろう？　座ってて。毎朝自分で淹れてるから、コーヒーだけは得意なんだ」

それでも紅葉は匡隆の後について、キッチンへ向かった。

匡隆が手際よく湯を沸かしながら、ドリップの用意をしていくのを、隣で見守る。

豆は挽《ひ》いたのを買ってきてるのね。ブレンドかな？　後で訊いておこう。スプーンにざっと二杯、と……。

「監視されてるみたいだな。どこかおかしい？」

「え？　いえ、やり方を見ておけば、私にもできるかなって」

匡隆は軽く目を瞠って、ふわりと微笑む。もう数えきれないほど経験しているのに、自分に向けられる笑顔にいまだに慣れず、胸が騒いでしまう。毎回、すてきだと見惚れる。

「そうか。これからは毎朝紅葉に淹れてもらえるんだな。それは嬉しい」

「美味しくできるかどうかわかりませんけど、頑張ります」

「いやいや、十分寝坊できるだけでもありがたい」

「ええっ、それだけですか――あ……いい香り……」

ポットの注ぎ口から細くお湯が流れて、ふわっと盛り上がったコーヒー粉が芳《かぐわ》しい湯気を上らせた。

「蒸らす時間はこのくらい。で、お湯を注いで……まだ落ちてるけど、このあたりで切り上げる」

匡隆はドリッパーをサーバーから外して、淹れたてのコーヒーをマグカップに注いだ。これも一緒に選んだペアのカップだ。

両手にカップを持った匡隆に促されて、リビングに引き返す。紅葉が先にソファに座ると、匡隆は向かい側でなく、隣に腰を下ろした。

「はい、どうぞ」

「ありがとうございます。いただきます……美味しい！　プロみたいですね」

「ありがとう」

軽く流されてしまったので、お世辞と思われたのだろうか。

「本当に。豆がいいのかな？」

「おっ、さっきの仕返しか？　まあ、たしかに豆もいろいろ見て回って、好みを見つけたやつだけど、学生時代にカフェでバイトしたこともあるからね。マスターの技を盗み見してたんだ」

「そうなんですね」

「さっきのきみみたいに、横に張りついて見てたら、しっしって追い払われてね。しかたないから物陰からこっそり」

コーヒーを飲み終えると、匡隆はリングケースをテーブルに置いた。エンゲージリングのものより横幅があるそれを開くと、ふたつ並んだ結婚指輪が現れた。

選ぶときに、匡隆は紅葉のほうにダイヤモンドをあしらったものを勧めたのだが、紅葉は匡隆とまったく同じデザインを希望した。口には出さなかったけれど、匡隆の心に沿う妻であろうとする気持ちを込めたつもりだ。それと、いつかは匡隆にも同じ気持ちを持ってもらえるように、という願いも込めた。

その上で匡隆の好みに任せたところ、プラチナに槌目《つちめ》模様を施し、中心にラインを通したものを選んだ。端正なイメージの匡隆がちょっとワイルドなデザインを好んだのが意外で、しかし新たな面をまた知った気がした。

リングを手にした匡隆は、紅葉の手を取った。左手の薬指にそっと、しかし、しっかりとはめてくれる。

同じように紅葉も指輪を匡隆の指にはめた。匡隆のようにはいかなくて、ちょっとだけ手間取る。

やだ、緊張してうまくいかない……手汗が出ちゃうよ。匡隆さんに気づかれたら、恥ずかしい……。

リングで飾られた指を互いに絡め合うと、夕日を反射してキラキラときらめく。

「これからもよろしく」

「よろしくお願いします……」

「夫婦になったからには、きみの望みはなんでも叶えるつもりだ。だから……遠慮はしないでくれ」

じっと見つめてくる匡隆に、紅葉は首を振った。

「これ以上望むことなんてありません。匡隆さんのほうこそ、なんでも言ってください。精いっぱい努力しますので」

「そんなことを言って、俺がわがまま放題になったらどうする？」

匡隆は笑いながら紅葉の頬に触れ、キスをした。ゆっくりと始まって、紅葉の反応を確かめながら舌を絡めていく。途中で息苦しさを感じた紅葉は、小さく喘《あえ》いだ。それを機に、匡隆は始まったときと同じようにゆっくりと離れていく。代わりに紅葉を包むように抱きしめた。

「今夜からはもう、帰さなくていいんだな」

耳元で囁かれ、紅葉は頬が熱くなるのを感じながら、小さく頷いた。


パウダールームの鏡の前で、ドライヤーのスイッチを切った紅葉は、頬に手を当てた。

ちょっと顔が赤いかな……。

念入りに髪を乾かしたせいだろうか。それとも、この後に待つ時間のせいか。

夕食を作るつもりでいたのだが、初日ということでゆっくりしようと、匡隆が一条家馴染みの店から鮨《すし》を届けさせてくれた。さすがは一条家御用達《ごようたし》で、見た目も味も家で食べているとは思えず、鮨談議に花が咲いた。

『我が家でお鮨と言ったら、八割は回転する店です』

『ああ、俺も食べるよ。最近は旨い店が増えたな』

『えっ、そうなんですか？　意外……』

『どういう意味だろう？　やんごとなき方々ならいざ知らず、当たり前の日常生活を送ってるふつうの家だからね。はい――』

匡隆はクルマエビを紅葉の取り皿に置いた。偶然にも、エビは紅葉の好きなネタだ。

『さっき食べたとき、幸せそうな顔をしてたから』

さっそく頬張ろうとしていた紅葉は、それを聞いて頬を赤らめる。

『やだ、恥ずかしい……』

『どうして？　美味しそうにものを食べるのはいいことだよ。見ているほうも楽しくなる』

たしかにそうかもしれない。匡隆とはこれまでに何度も食事をしたが、どんなメニューでもきれいな食べ方をする人だと思い、ときに見惚れた。その間も適度に会話を弾ませ、それでいていつの間にか皿がきれいに片付いている。

ハンバーガーとかでもそうなのかな？　一度食べてみたいな……。

食後は匡隆のレクチャーを受けながら、紅葉がコーヒーを淹れた。冷蔵庫には有名店のチョコレートがあって、食後の時間もゆっくりと語らった。まだまだ知らないことが多くて、いつまでも話していたかった紅葉だが、「そろそろ風呂にしようか」と言う匡隆の言葉に俄《にわか》に緊張し、どちらが先にバスを使うかという譲り合いを経て、匡隆を先にバスルームへ向かわせた。

その間、紅葉は私室にと宛がわれた部屋で、大慌てで荷物を漁った。そんなことをするまでもなく、今夜用にと新しいナイティーと下着は別にしてあったのだが、瀬戸際チェックの段階で大いに迷った。

やっぱり用意した白いので正解だよね？　でも、よく見たらけっこう薄いような気が……す、透けちゃう？　いや、そんなに明るくしないはず、ていうか、明るくしないでほしい。

ブラジャーとショーツは同じく白のセットにしたが、ワイヤーも入っていなければ、カップも作られていない、まさに就寝用というか、しかしレースが多用されたディティールがソレ用というか。

まさか匡隆に相談するわけにもいかないので、予定どおりのチョイスで臨《のぞ》むことに決めた。

紅葉用にと空《あ》けてもらった部屋は、もともと空き部屋だったらしくがらんとしている。匡隆はドレッサーやテーブルセットなどを入れようとしてくれたが、新居ができるまでの間だけだからと辞退した。

それでもウォークインクローゼットが備わっているから収納にはこと欠かないし、カウチソファが置いてあるので、ちょっと横になることもできる。そもそも主婦になるのだから、自室にこもっている暇はないはずだ。匡隆が家にいる時間は、そばにいたいし。

『紅葉？　空いたからどうぞ』

軽いノックとともに声をかけられて、紅葉は焦るあまり大きな声で返事をした。匡隆は小さく笑いながら引き返していったようだ。

そして――バスルームの広さと豪華さに怯みつつ、念入りに隅々まで洗い上げ、寝着を身に着けて髪を乾かしたわけだが。

そろそろ出ないと、まずいよね……。

そんなことはわかっている。わかっているのだけれど。

なにしろ匡隆との結婚が決まるまで、恋愛経験ゼロのまま来てしまった紅葉だ。当然のことながらキスは匡隆が初めてだったし、この先はまったく未知の世界だ。夫婦になった以上は当然のことだと理解しているし、拒否するつもりもないが、単純に臆している。行為そのものもそうだけれど、素肌を見せることが相当恥ずかしい。さらに、匡隆が今夜の紅葉をどう思うかが最大の懸念だ。

見た目にがっかりされないように、短期間ながらダイエットに励んだけれど、胸まで萎《しぼ》んだような気がする。肌の手入れも怠《おこた》りなくしてきたつもりだが、ここ数日は緊張してあまり眠れなかったから、その影響はないだろうか。

ことが始まったら、なにがあろうと狼狽《うろた》えない。変な声を出さないように気をつけ、間違っても匡隆の動きを妨げるようなことはしない。そしてできれば、色っぽく反応したい。

そんな事前のマイ注意事項が、頭の中をぐるぐる駆け巡った勢いのまま、どこかへ抜け出ていきそうだ。全部忘れて、空《から》っぽの状態でベッドインしそうな。いや、そのほうが逆にいいのだろうか。

紅葉は握りしめていたタオルをピンと張り、誰にともなく大きく頷いた。躊躇《ためら》っていてもしかたがない。もう自分は匡隆の妻なのだ。もっと巨乳がよかったとか、思ったよりウエストが太いとか言われても、後の祭り――とは言わずに努力して近づくから、匡隆にはどうかあまり失望しないでほしいと祈る。

廊下に出てリビングに向かうと、そこはもうわずかな明かりが灯《とも》るだけで、無人だった。紅葉はそっと歩を進めて、リビングの端にある階段を見上げた。上階には主寝室と書斎がある。これまで匡隆が寝起きしていた部屋で、今夜からは紅葉の寝室でもある。

手すりを掴んでゆっくり上がっていくと、短い廊下をフットライトが淡く浮かび上がらせていた。右側のドアが細く開いていて、明かりが洩れている。紅葉は静かにドアを開けながら声をかけた。

「匡隆さ――うわっ……！」

目の前にぬっと影が立って、紅葉は思わず身を丸めた。

「あっ、ごめん！　驚かせるつもりじゃなかったんだ。まだかと思って、気になってたから……だいじょうぶ？」

肩に手を置かれ、紅葉は姿勢を戻しながら匡隆を見上げた。いつもはビジネスマンらしく櫛《くし》を入れてある髪が、額を隠していて学生でも通りそうに見える。ガウンのようなワッフル地のバスローブを素肌にまとい、空いた胸元から覗く筋肉の隆起が目を引く。

「いえ、私のほうこそ大きな声を出してしまって――……匡隆さん？」

匡隆の視線は紅葉にじっと注がれていた。ことに首から下を這《は》うように見つめられていると気づくと、紅葉は思わず身体を隠すように手を広げてしまう。

「……あ、失礼。ぶしつけだったな」

そう言いながらも、匡隆の視線は離れない。

「……いいえ。隠すほどのものでもないし……もう結婚したんですから」

「そうか？」

一瞬、匡隆が笑みを浮かべ、思いがけない反応に紅葉が「え？」と思っていると、手を引かれた。

広い室内はスライド式の壁で仕切られ、奥にキングサイズのベッドが、手前側にソファセットが置かれている。なにもない休日には、ずっとこの部屋で過ごすこともあると、匡隆が言っていたように、片隅にはキャビネットに組み込まれた小型冷蔵庫まであった。

ソファの横に紅葉を立たせると、匡隆は数歩下がって再び紅葉を見つめた。

「どんな格好で現れるのかと楽しみにしていたんだが、いや、想像以上だ。よく似合ってる」

「……ありがとう、ございます……——あっ……」

ふいに抱き寄せられて、紅葉の頬は匡隆の素肌に押しつけられた。ジェットバスの湯はそのままだったから、同じオイルの香りがしても不思議はないのに、紅葉とは違う匂いがする。

「もちろんいちばん素晴らしいのは、きみ自身だけどね。今夜を待ち焦《こ》がれたよ」

匡隆の感触や熱を感じてますます緊張する一方で、こんなふうに言葉を惜しまず褒められると、まるで匡隆に愛されているような気がしてしまう。早く身も心も結ばれたいという気にさえなってくる。早くも混乱しているのだろうか。

「……はい。あの——」

「あ、ちょっと待って」

匡隆は紅葉の両肩に手を置いて、顔を覗き込んできた。

「決していやらしい気持ちだけで言ってるんじゃないって、わかってほしい。もちろん俺も男だから、まったくスケベ心がないとは言わないけど、それよりも夫婦なんだってことを実感したいんだ。きみが、俺のものだって――」

匡隆の顔がさらに近づくのを、紅葉は目を閉じて待った。薄く開いた唇に、匡隆のそれが重なってくる。すぐに舌が忍び込んできて、紅葉の舌を誘う。口腔《こうこう》を撫《な》で回され、舌を吸われて、息が上がった。こんなキスにも慣れたつもりでいたのに、心がざわめいて止まらない。

そんな紅葉の状態を察してか、匡隆は唇を解いた。そして今度は首筋から項《うなじ》へと舌を這わせていく。

「あっ……」

顔以外にキスをされたのは初めてで、その感触に、声をこらえるなんてことはすっかり頭から抜け落ちた。ぞくぞくするような、もどかしいような感覚に襲われて、紅葉は匡隆の腕に爪を立てた。

「嫌？」

背中から声が響く。それすらも紅葉を震わせる。

「……そうじゃ、ない……ですけど――」

「じゃあ、もう少し」

ときおりチュッと音を響かせながら、味わうように舐められ、だんだんと心地よくなってきたとき、ふいに隆椎《りゅうつい》あたりに柔らかく歯を立てられて、紅葉の膝から力が抜けた。匡隆が腰に手を回してくれなかったら、崩れ落ちていたかもしれない。

「あ……ありがとうございます……」

「いや、ここじゃ落ち着かないな。ごめん、がっついて。なにを焦ってるんだろう、俺は」

後半は独り言のように呟きながら、匡隆は紅葉をそのまま抱き上げた。いわゆるお姫さま抱っこというやつで、まさか実体験するとは予想もせず、紅葉は呆然と匡隆を見上げた。

すごい……ダイエットしたと言っても、ふつう体型の女子を軽々と……。

匡隆は奥へ向かおうとしたが、ふと足を止めて振り返った。

「……そうだ。まずは飲み物をと思ってたんだ。喉は渇いてない？」

緊張しているのは自分だけではないのだとわかって、少しだけほっとする。もちろん匡隆はこういうシーンが初めてではないのだろうけれど、きっと紅葉を妻としてちゃんと迎えたいという意識でいてくれているのだ。

「だいじょうぶです」

そう言って匡隆の首に手を回すと、紅葉を抱く腕に力が入った。

「なんだか、ここまでかなり満足なんだが……いや、だからこそ先を続けたい」

匡隆は半開きだったスライドウォールを肩で押し開け、紅葉をそっとベッドに降ろした。こちら側はベッドサイドのライトだけで、互いの顔がほんのりと浮かび上がる。

「ずっとこの日を待ってた。きみを妻にできる日を……」

握られた手を、紅葉は握り返した。

今夜が正真正銘《しょうしんしょうめい》の初夜だ。多くのカップルは、結婚に至る前に通過するのだろう。紅葉だって、そういう可能性もあると思っていたし、実際デート中にそんな機会は何度もあった気がする。

ことに以前、このマンションを訪れたときには、紅葉なりに覚悟をしていたのだ。しかし匡隆は紳士的な態度を崩さず、キスより先には進まなかった。そのせいで、匡隆に好感だけでなく信頼も持つことになったのだろう。

実際のところは、成り行きで妻にすることになった相手に、さほど食指が動かなかったからかもしれない。そんな態度はおくびにも出さず、恋愛関係と錯覚してしまうほどの言葉や振る舞いで、紅葉に人並み以上の婚約時代の幸せを味わわせてくれた。その思いやりだけでも、これから夫婦として人生をともにしていく相手として信用に足る。

私……匡隆さんと結婚できてよかった……。

紅葉は匡隆を見上げて微笑んだ。

「本当にもう夫婦なんですね。なんだか、夢を見てるみたいで」

「夢だとしても、ふたりで同じ夢を見ているなら悪くない。でも、現実だ――」

紅葉が驚いて逃げ出すのを恐れるように、匡隆はゆっくりと隣に横たわった。触れるだけのキスをすると、唇を顎《あご》から喉へと滑らせていく。肩に触れられて、紅葉は小さく身を震わせた。

「怖がらないで。優しくする……」

吐息交じりに耳元で囁かれ、それが浸透していくにつれて、力が抜けていく。言葉どおり、匡隆はまるで壊れ物を扱うかのように、紅葉に触れた。

しかし胸をまさぐられると、思わず匡隆の手を掴んでしまった。視線が合って、困惑《こんわく》した紅葉が目を逸《そ》らす前に、匡隆は微苦笑する。

「あっ……」

「きみの手は、そうだな……ここ」

匡隆の肩に移動させられた手を、紅葉はどうしていいかわからず握りしめる。

「どうしても嫌なときは、叩いても抓《つね》ってもいい。だから続けさせて」

「……ごめんなさい。ちょっとびっくりしただけで……だいじょうぶです」

そうよ、なにやってるの。このくらいでビビってたら、エッチなんてできない。それに、匡隆さんだって興醒《きょうざ》めしちゃうかも、ここまで来て抗《あらが》ったりしたら……。

匡隆にとって紅葉は政略結婚の相手なのだから、妻の務めを果たさないなんてありえないだろう。いや最悪、結婚を撤回する理由にもなる。両家の期待を背負っている以上、そんなことはできない。

それに、紅葉に対する匡隆の個人的な評価を下げるのは、絶対に回避したい。晴れて夫婦となって、これから匡隆に心も寄り添う関係になってもらいたいと願っているのに、逆方向へ向かうなんて悲しすぎる。

くどいようだけど、匡隆さんとエッチしたくないわけじゃないんだって。むしろ逆で――。

何度も脳内シミュレーションしたはずなのに、体温や感触、匂いが加わった現実は、とうてい想像では追いつかないという、それだけのことだ。

匡隆はナイティーの上から乳房を柔らかく揉《も》みしだいていたが、ふいに狙い澄ましたように中心を指で弾いた。

「あっ……」

痺《しび》れるような疼痛《とうつう》に、乳頭が硬く尖《とが》っていたのだと気づく。薄く柔らかなブラジャーとナイティーは、匡隆にもそれを知らせていたのだろう。

紅葉は恥ずかしさのあまり片手で顔を覆ったが、匡隆の唇が手の甲に触れる。

「どうした？　恥ずかしくなんかないよ。俺はむしろ、感じてくれていてほっとしたし、嬉しいんだけど？」

ほんとに……？　いやらしい女だとか、ほんとに思ってない？

紅葉が胸中でそんな問いを向けている間に、匡隆は手際よくナイティーのボタンと、ブラジャーのフロントホックを外してしまった。果実でも剥《む》くように左右に開かれ、乳房が露《あらわ》になる。薄暗くても、この距離でははっきり見えてしまうのではないかと視線をさまよわせた紅葉は、匡隆が至近距離から見つめながら、乳房をすくい上げるように手で包んでいる光景に、眩暈《めまい》がした。

「……ま、匡隆さ——あ、あっ……」

匡隆が舌を伸ばしたと思った次の瞬間、甘美な感触に襲われて、紅葉は仰《の》け反《ぞ》る。それが胸を押しつけることになり、先端を含まれたようだ。凝《しこ》った乳頭に舌が絡み、溶かそうとするかのように舐め回される。反対側の乳房も手で包まれ、指の腹で先端を転がされた。

奥歯が疼《うず》くような快感に、紅葉は緩慢にかぶりを振った。ほんの少し前まで、匡隆に素肌を見られることが恥ずかしくてたまらなかったのに、今は、そんなことは頭の隅に追いやられている。愛撫《あいぶ》が心地よくて、ずっと続けてほしいくらいだ。

ただ、ふとした瞬間に我に返って、匡隆にこんなことをさせてしまっている、自分は横たわっているだけなのに、とか、紅葉のようなお粗末な身体で、匡隆は楽しめているのだろうか、もしかしたら夫としての義務を果たしているだけなのかもしれない、と気になってしまう。

胸から匡隆の舌の感触が消えたのを感じて視線を動かすと、見上げる匡隆と目が合った。

「よかった、悪くなさそうで」

「……そ、そういうことを言わないでください……」

「どうして？　嫌な思いをさせたくてこうしてるんじゃない。逆に、感じてほしいし愉しんでほしいから、気になるんだよ」

匡隆はそう言いながら、紅葉の膝のあたりから手を滑らせた。手と一緒にナイティーがずり上がっていく。

「やっ……」

内腿に指が触れたのを感じて、紅葉は反射的に膝を閉じた。しかし匡隆の指は止まらず、ショーツに届く。

「ここも……触らせて？」

薄い布地越しに匡隆の指を感じ、太腿が小刻みに震える。怖いのではなくて、恥ずかしさと――期待、かもしれない。羞恥はほんの少しの勢いで余裕で乗り越えられそうで、期待がそれを後押ししてくれるだろう。

しかし、けっきょく返事も動くこともできず――いや、紅葉が反応するより早く、匡隆はショーツの中に指を忍び込ませた。

「……あ、あ……あっ……」

スリットをなぞっていた指が沈んで蠢《うごめ》く。なめらかに容易に動くのは、そこが驚くほど潤っていたからだ。自分の身体がこんなに反応していたことのほうに、紅葉は狼狽《うろた》えて、遅れて指先がもたらす甘美な感覚に引き込まれた。

「嬉しいよ、紅葉……」

匡隆は紅葉の胸に唇を這わせながら、花園を探った。指の動きが大きくなり、先端の花蕾《からい》を擦り、つまみ上げる。その刺激の強さに、紅葉は腰を引いた。

「痛かった？」

「……いいえ、あの……強くて……」

匡隆は紅葉の胸に顔を埋めて、息をつく。

「……ごめん。夢中になりすぎた。優しくするって言ったのに」

身を起こした匡隆は、羽織っていたバスローブを脱ぎ捨てると、申しわけ程度にまとっていた紅葉のナイティーと下着類を取り去った。今度こそ互いに完全な全裸だ。位置関係のせいで匡隆の下肢が目に入らないのは、幸いなのかどうか。

そんなことを考えていた紅葉の膝を開き、匡隆は間に身体を割り込ませた。そして頭を下げて

いく。

「ま、匡隆さん？　そんな……」

「指より優しくできると思うよ。それに、たぶんもっと気持ちいい――」

そういう行為があるのは、経験がなくても知識として知っている。が、いざ己の身に起きるとなれば狼狽えてしまう。プチパニックを起こしている間に、敏感な場所に走った官能に紅葉は声を上げて仰け反った。

や……すごっ……。

指よりもはるかに柔らかな、しかし弾力のあるもので襞《ひだ》をなぞられ、擽《くすぐ》られる。すくうように花蕾を撫で上げられると、鋭い快感が湧き上がって腰から太腿まで震えてしまう。

匡隆は舐め尽くすように舌を這わせているのに、後方まで肌が湿っていくのを感じた。そんなに蜜を溢れさせているのだろうか。

「……あっ、ああっ、……だめ、そんなに……したらっ……」

腰の奥に溜まった熱が、一気に噴き出しそうな予感に、紅葉は匡隆の髪を掴んだ。しかし匡隆の舌はいっそう激しく動いて、花蕾を撫で回し、口に含んで吸い上げる。

「ああっ……」

水風船が弾けるように、快感が全身に広がった。悦《よろこ》びを反芻《はんすう》するように、紅葉の腰は妖しく波打つ。ことに匡隆に玩弄《がんろう》された箇所は、びくんびくんと跳ねるようだ。

……やだ、私……いっちゃった……？

どんな顔をすればいいのかと、手で顔を覆っていた紅葉は、再び花園に触れられて、はっと頭を上げる。

「匡隆さん、もう――」

「うん、可愛かった。もう一回」

ええっ⁉　なんてこと言うの……。

「……む、無理です！　ていうか、もういいです。先に進みましょう」

匡隆にまじまじと見つめられて、紅葉はなんてことを言ってしまったのかと慌てた。言いわけする前に匡隆が笑ったので、機嫌を悪くしなかったようだとほっとする。

「積極的になってくれて嬉しいけど、先に進むためにも、もう少し。だいじょうぶ、感じやすいから、またすぐにいけるよ」

当然かもしれないけれど、達したことを匡隆にも気づかれていたのだと知って、紅葉はなにも言い返せなくなった。

体勢を戻した匡隆は、再び紅葉の秘所に顔を埋める。まだ余韻を残すそこを刺激され、紅葉は大げさなほどに反応してしまう。花蕾への口淫《こういん》に意識を奪われていると、なにかが体内に忍び込んでくるのを感じた。

えっ？　もう？　いつの間に……。

一瞬、匡隆が入ってきたのかと思ったが、すぐに体勢的に無理があると思い直した。たぶん指だ。長くて男っぽく節が目立つ匡隆の指が、脳裏に浮かぶ。ハンドルを握ったり、グラスを持ったりするあれが自分の中に入っているのだと思うと、申しわけないような嬉しいような複雑な気持ちだ。

内壁を探るように擦っていた指が、奥のほうに触れたとたん、紅葉は腰を跳ねさせた。すかさず匡隆は同じところを強く擦り、紅葉に声を上げさせ、身を捩《よじ》らせる。

「あっ、あっ……、や……だめっ……」

ふいに匡隆は顔を上げ、紅葉を引き寄せて腰を抱いた。下肢が浮いて、腿裏に硬い匡隆の脚を感じる。そして尻にもっと硬く熱いものが触れた。

「……限界だ。紅葉――」

落ちた前髪の間から覗く双眸《そうぼう》が、薄明かりの中でギラリと光った。いつも紅葉を見つめる穏やかで紳士的な眼差しではなく、野生の獣のような鋭さに、紅葉は怯みながらも一方で強い魅力を感じた。

蜜にまみれ、指で寛げられたそこに、匡隆のものが押し当てられる。予想していたよりもずっと大きくて、本当にこれが紅葉の中に入るのだろうかと不安になった。

「……うっ……」

痛みを伴う圧迫感に、息を詰める。紅葉の様子に気づいた匡隆は頬にキスをして、それから唇を重ねた。いつもの匡隆のキス。いや、情熱度が上がっているだろうか。貪《むさぼ》られるようだ。

それに応えようとするうちに、ぐっと腰を入れられて、身体の中で力強い脈動が響いた。脚の間に重苦しいような熱と鈍痛が広がる。

キスをしたまま深く息をついた紅葉に、匡隆はゆっくりと唇を離した。強い光を放つ目で、食い入るように紅葉を見下ろしている。

「苦しくないか?」

「……平気です……」

結ばれたのだとわかって、身体の具合なんて気にならない。匡隆と夫婦になれたことが、ただただ嬉しい。

紅葉が喉元に額を押しつけると、匡隆は小さく息を詰めた。

「……動いていいかな?」

「え……? あ、はい……」

そうだった。これで終わりではないのだ。

匡隆は紅葉を気づかうように、ゆっくりと動き出した。はじめは挿入したまま腰を回し、少しずつ互いの間に摩擦が生じるようになると、浅い抜き差しに替わった。その間もキスや胸への愛撫を欠かさなかったので、紅葉はその快感に浸りながら、次第にリラックスしていくのを感じていた。

「……あっ……? な、なんか……」

ぐっと押し入られたときに、先ほど指で探られたところを掠めて、紅葉は無意識に身を固くした。とたんに匡隆がせつなげな息を洩らして、睨《にら》むように紅葉を見下ろしたかと思うと、身体ごと打ちつけるような律動を刻んだ。

「きゃっ……あっ、あっ、ま、匡隆さ……」

「悪い。止まらない」

掴まっている上腕が硬く盛り上がって、動きの激しさに指が離れそうになる。それでも匡隆に背中を抱かれているせいで、密着度は逆に増していた。

入ってきたときはあまりにも大きくて、動かれたらけがをするかもしれないとまで思っていたのに、それが今、紅葉の中で縦横無尽に暴れている。

それなのに……どうして？

痛みよりも内側からざわめくような震えが止まらない。ひと突きごとに高みに押し上げられていくようで、どこへ飛ばされてしまうのかと思う。

しかし、それが不安ではないのだ。匡隆の腕の中にいて、その上身体を繋いでいるからかもしれないが、そばにいてくれればだいじょうぶだと、根拠もなく確信する。そもそもこれは匡隆からもたらされているもので、応じられている自分が嬉しくさえある。

「あう、んっ……」

匡隆は狙ったようにあの場所を突き上げてきた。何度も擦られて、そのたびに紅葉は匡隆の腕の中で跳ねた。

「……あ、……ああっ、もう……」

いっちゃう……。

花蕾を刺激されたときよりも深く大きな悦びが、すぐそこまで迫っている。

匡隆はいっそう動きを大きく速くして、喘ぐ紅葉の唇を奪った。

「んんっ……んう……」

ひときわ深く突かれて掻き回され、紅葉は仰け反るように身体を硬直させた。びくんびくんと震えるたびに、宙に浮いた爪先が揺れる。

……すごい。エッチってこんなに気持ちいいの……。

ぼうっとした頭で思い、荒い息を繰り返しながら目を開けると、匡隆が間近から見つめていた。無我夢中でよく憶えていないのだが、おかしなことを口走ったり、変な顔や動きをしたりしなかっただろうか。それ以前に、事後にどんな顔をすればいいのだろう。妄想気味の脳内シミュレーションによる注意事項は、案の定すっかり頭から抜け落ちていた。

「……あの——」

「続けさせてくれ」

色気がにじむ悩まし気な表情に、紅葉ははっとした。達して終わった気になっていたけれど、匡隆はまだだったのか。初めてのことで動転していたとはいえ、自己中も極まりない。というか、妻としてダメダメだ。

「あっ、はい！　もちろん！　どうぞ！」

「うっ……締めないで……暴発する……」

「は⁉」

遅れて、どうやら紅葉の身体に力が入ったせいで、中にいる匡隆を締めつけたらしいと知った。

「そそそんなつもりは——あっ、あっ……」

動きが再開して、その激しさに紅葉はたちまち呑《の》み込まれていった。

◇

反省……すべきなんだろうな……。

そう思いながらも、匡隆の口元は緩みっぱなしだ。ちらりと横に目をやると、紅葉がぐっすりと眠っていた。

ベッドに入ったのは、ふだんよりもかなり早い時間だったが、夫婦の営みを終えて紅葉が気絶するように目を閉じたときには、深夜をずいぶんと回っていた。

眠っている紅葉は幼く見えて、恋心を自覚した当時を彷彿《ほうふつ》とさせる。あれから何年が経ったのか、匡隆はついに紅葉を手に入れて夫婦となった。

彼女の心が匡隆に向いていないのは承知の上だが、プロポーズを受け入れてくれて、入籍までしてくれたことに心から喜びと幸せを感じている。献身的な妻であろうとして、いろいろと気づかってくれているようでもあるし、匡隆の言動に対して、全面的に好意的な反応も見せてくれる。

ときどき、もしかして自分は彼女に愛されているのではないかと、錯覚してしまいそうになるくらいだ。

これ以上なにを望むのかと言われるかもしれないが、匡隆は紅葉を人生の伴侶として、身も心もすべてを欲している。いずれは紅葉から愛され、固い絆で結ばれた夫婦になるつもりだ。

そのためにも、紅葉にとって理想の男でいようとした。外見はもちろんのこと、紳士的で優しく献身的に振る舞った。演じていたつもりはない。紅葉を前にすると、自然とそんなふうになれたのだ。

しかし待望の初夜を迎え、心はともかく紅葉をこの手に抱けると思ったら、そわそわしどおしだった。童貞を捨てたときよりも、はるかに落ち着かなかったくらいに。

それでも紅葉に嫌がられないように、丁重にことを進めた――途中までは。

……しかたがないだろ、ずっと恋い焦がれた相手なんだから。俺のものになると思ったら、もう……それに、想像以上に可愛かった……。

思い出すまでもなく身体が熱くなって、匡隆は紅葉の眠りを妨げないように、息を殺しつつ吐き出した。

紅葉の恥じらいや躊躇い。匡隆の愛撫に反応し、戸惑いながらも悦びを訴えるさまの、なんと愛らしかったことか。これ以上好きになることはない、最上級だと思っていたのに、さらに一段上がってしまった気分だ。紅葉はどこまで匡隆を魅了するのだろう。

紅葉が純潔だということは、触れ合ってすぐに察した。あの兄のことだから、結婚を約束しているという理由だけで手をつけていても不思議はないと思っていたのに、嬉しい誤算だった。

もちろんそれで紅葉に対する気持ちが変わるわけではないが、自分が初めての、そしてただひとりの男だということは、彼女を愛している分だけ嬉しい。

愛しさのあまり、紅葉が初めてだと知っても抑えがきかなかった。意地でこらえて彼女が達するのを見届けてからは、貪ったと言っていい。従順にまといつき、ときに快感のあまり震える身体は、匡隆にえも言われぬ悦びをもたらした。セックスがこんなに心地よく、我を忘れさせるものだと初めて知った。

匡隆は手を伸ばして、紅葉の髪に触れた。

これで対外的にも、紅葉にとっても、自分たちは夫婦となったわけだが、匡隆はまだ満足するわけにはいかない。むしろここまで来たからこそ、なんとしても紅葉の心も手に入れたい。念願の紅葉を手中にしてなお枯渇する心境だ。


「……おはようございます……」

先に目覚めて、ずっと紅葉の顔を見つめていた匡隆の前で、長い睫毛《まつげ》を震わせて目を開いた紅葉は、驚いたように何度も瞬きをした。そのうち現実を思い出したのか、わずかに頬を染めながら、そう囁いた。

「おはよう。よく眠れた？」

こくりと頷いて、少し恨めしそうに匡隆を見上げる。

「起こしてくれればよかったのに……」

「見惚れて忘れてた」

「揶揄わないでください。あの、……寝言とか、言ってませんでしたか？」

「さあ、どうかな」

「匡隆さん！」

匡隆が両手を広げると、紅葉はつかの間もじもじして、しかしそっとハグしてくれた。

幸せだ、と思う。誰彼かまわず、触れ回って自慢したいくらいに。

4

朝のコーヒーは紅葉《くれは》が淹《い》れるようになったけれど、夕食は一条《いちじょう》家から出張してくるハウスキーパーが作ってくれる。

匡隆《まさたか》は朝会議で朝食をとることが多いらしく、自宅では食べない習慣だ。昼も仕事絡みの外食。紅葉も未来の社長夫人として、外国語レッスンの他に、己を磨くべく各種エステなどのスケジュールがあり、昼食は外で済ませることが多い。

それを一条家側は、多忙な紅葉に家事をさせるなんてとんでもない、と入籍直後からハウスキーパーを派遣してくれた。結婚したことで、月二回のマンションの掃除もなくなると思っていたので、紅葉は内心戸惑《とまど》った。

ハウスキーパーは五十代の原田《はらだ》という女性で、匡隆が子どものころから一条家で働いているそうだ。夕食の支度の他に、買い物や掃除、洗濯などをしてくれる。つまりほぼ家事を任せてしまっているわけで、紅葉は妻としてそれでいいのだろうかと思ってしまう。

しかし一条家ではこれが当たり前で、匡隆の母も掃除洗濯はもちろんのこと、家族に手料理を振る舞ったこともほとんどないという。

社長夫人としてのおつきあいもあるだろうから将来はともかく、今は特に忙しくもないんだけどな……。

いや、そう思ってはいけないのだろう。一条家の嫁としてふさわしくなるべく、自分磨きの時間をもらっているのだから、ありがたく活用しなくては。そして少しでも匡隆につり合う女性になり、彼に紅葉を妻にしてよかったと思ってほしい。

匡隆は久しぶりに原田の手料理が食べられて、喜んでいるのだろう。多忙な毎日で帰宅も遅いと聞いていたが、週の半分以上は定時に帰ってくる。きっと原田の手料理効果だ。

紅葉も日中いつも留守にしているわけではないので、自宅にいるときは原田の家事を見て学んでいる。

『申しわけありません。お寛ぎのところを騒がしくしてしまって……』

原田は恐縮するけれど、紅葉にとってはプロのテクニックを見学できるチャンスだ。

『全然そんなことありません。手際がよくて、見習いたいです。あの、決してお仕事のチェックをしているわけではないので……それより、お手伝いしなくていいんでしょうか？』

『とんでもない。気疲れもおありでしょうから、少しでもお休みください』

いつもにこやかな原田だが、結婚して十三年で夫を病で亡くし、一人娘を女手ひとつで育て上げた苦労人だ。

『一条家で勤めさせていただいたおかげです。時間の融通もきかせてくださったので、娘にも寂《さび》しい思いをさせずに済みました』

娘の優花《ゆうか》は昨年結婚し、もうすぐ孫が生まれるという。優花の夫が長期出張中なので、生まれるまでに戻ってこられればいいのだがと気にしていた。

「今日はパルマンティエを作ろうと思います」

原田が冷蔵庫から食材を出しながらそう言うのを聞き、紅葉はキッチンへ足を向けた。

「匡隆さんがこの前リクエストしたお料理ですね。見学させてください」

「見学なんて……フランスの家庭料理なんですよ。肉じゃがやコロッケみたいな位置づけかしら？　家庭ごとに具材や味付けが違うので、たまたま匡隆さんの好みに合ったんでしょうね」

それならなおさら詳しいレシピを知りたい。

花嫁修業の一環として、紅葉も料理教室に通ったり、家族の食卓を任されたりしていたが、食べるほうが一般庶民なので、メニューも素朴な和食に偏りがちだった。

たしかパルマンティエというのは、ひき肉やみじん切りの玉ねぎを炒めて皿に敷き詰め、その上からマッシュポテトを載せて焼いたものだ。紅葉が料理をする機会はあまりなさそうだけれど、匡隆好みのレシピを知っておいて損はない。

「あら、紅葉さん、さすが手際がいいですね。じゃあ、それをフライパンに――」

ニンニクで香り付けしたオイルでひき肉を炒めていたフライパンに、紅葉は玉ねぎのみじん切りを加えた。

「ここでね、私はしっかり味付けしちゃうんです。トマトの缶詰も入れて……はい、ウスターソース。強いて言えば、これが決め手かしら。ほぼミートソースなんですけどね」

原田は手を動かしながらそう言って笑ったけれど、ナツメグなどのスパイスも入っていて複雑な味わいだ。

「ジャガイモも、そろそろいいかしら？　湯切りしたら、熱いですけどすぐに皮を剥《む》いて、つぶします。ちょっと粒が残るくらい」

紅葉が熱々のジャガイモと格闘していると、原田のスマートフォンが鳴った。

「あら、娘からです。ちょっと失礼して――もしもし？　どうかした？　……ええっ？」

原田は手を拭《ふ》きながら、急ぎ足でキッチンを出ていった。

娘さん、もしかして体調が……？　臨月に入ったって言ってたよね？

手を動かしながらも、気になって耳を澄ましていると、「病院にいるのね？」「必要なものは？」といった言葉が洩れ聞こえてきた。

通話を終えて戻ってきた原田は、作業を再開しようとした。

「あの、優花さん病院にいるんですか？」

紅葉が訊《き》くと、原田は苦笑する。

「はい、産気づいたみたいで……楽しみにしていたみたいですけど、パパは立ち会えそうにありませんね」

「じゃあ、優花さんひとりで？　原田さん、行ってあげてください！」

「でも、まだ途中ですし……初産《ういざん》ですからもうしばらくかかるでしょう」

そう答えながらも、原田の視線は落ち着かない。

「でも、お母さんがそばにいてくれたら、きっと心強くて安心します。ここは気にしないで、どうか行ってください」

それでも原田は躊躇《ためら》っていたが、やがて紅葉に何度も頭を下げて病院へ向かった。

赤ちゃんが生まれるんだもの、それ以上に優先しなきゃならないことなんてないわ。

紅葉は仕上げにチーズを載せたパルマンティエをオーブンに入れると、メインのブイヤベースに取りかかった。すでに原田が食材の下処理を済ませていたので、煮込めば出来上がりだが、こちらにも匡隆の好みの味付けがあるのだろうかと気になった。

もう一品サラダを作ることにして、フランス料理でまとめようとニース風サラダにする。バゲットをスライスして、すべてが用意できた。あとは匡隆が帰ってきたら、温め直そうと思っていると、玄関ドアが開く音がした。

あれ……？　もう帰ってきたのかな？

毎朝、おおよその帰宅時間を告げて出勤する匡隆だが、今日はもう少し遅いと聞いていたのに。

紅葉はエプロンを外して、玄関に向かった。

「おかえりなさい。早かったんですね」

「ああ、ただいま。原田さんから連絡をもらったんだ。娘さんが産気づいたんだって？」

上着を受け取ろうと手を伸ばしながら、紅葉は頷《うなず》いた。

「はい。おひとりじゃ心細いだろうと思って、原田さんには病院へ行ってもらいました。原田さんも気になっている様子でしたし――」

匡隆はじっと紅葉を見下ろしていた。

「あの、すみません、勝手に……」

原田を雇用しているのは一条家で、それを紅葉が勝手に早引けの指示を出したのはまずかっただろうかと、今さらながら思い当たった。

「いや、よく言ってくれた。仕事熱心な人だから、遠慮すると思ってたんだ。しかしたったひとりの娘さんの重大事だし、彼女にとっても初孫誕生だからね。きみに感謝してたよ。思いやりがあって素晴らしい奥さんを迎えたと言われて、俺も嬉しい」

それを聞いて、紅葉はほっとしつつも照れ臭くなった。

「そんな……家族の一大事なら、そばにいてほしいし、いてあげたいだろうと思っただけで……」

匡隆は紅葉を抱き寄せると、額にキスをした。

「優しいね。ありがとう。それで、今夜は一緒に食事に行こうと思って、早く帰ってきた」

「え？　食事なら準備してありますけど」

「原田さんは、途中で放り出してしまったって、謝ってたよ」

そんな会話をしながらリビングに足を踏み入れた匡隆は、間続きのダイニングにテーブルがセットされているのを見て、立ち止まった。

「パルマンティエをリクエストしていたでしょう？　それは原田さんが作ってくれました。ブイヤベースとサラダは私が……なので、お口に合うかどうかわかりませんけど」

「……きみが？　それはすまなかった。松濤《しょうとう》に連絡すれば、代わりのハウスキーパーを寄こしてくれたのに。いや、俺がそうするべきだったな。手間をかけさせたね」

匡隆は驚いたようにテーブルを見つめながらそう言ったが、紅葉はかぶりを振った。

「手間だなんて、そんなこと全然ありません。逆に、匡隆さんの食事の支度ができて嬉しかったです」

「……本当に？」

匡隆は真意を窺《うかが》うように紅葉を見下ろした。

「奥さんになったら、家事をするのが当たり前だと思ってました。もちろん一条家の嫁としてふさわしくあるために、いろいろ習得するのも大切だと肝に銘じていますけど……でも、できれば主婦業もしたいです」

匡隆はわずかに目を瞠《みは》っている。一条家に嫁いだ自覚が足りないと思われているのだろうか。家事をしたがる妻なんて、自分にはふさわしくない、と？　まさかこれで離婚を言い渡されることはない、と思いたいが――。

「紅葉が俺のために食事を作ってくれるのか？」

「……匡隆さんがよければ……ですけど……」

匡隆は紅葉を抱きしめて、額に唇を押しつけた。

「嬉しいよ」

家事をしたいと言ったものの、いざ匡隆が料理に手をつけると、紅葉は緊張してそれを見守った。

パルマンティエはほぼ原田さんが作ってくれたけど、他はどうだろう……ニース風サラダなのに、ジャガイモ抜きにしちゃったし。だって、パルマンティエにどっさり入ってるから……ああ、それよりも味だ。口に合うかな……。

固唾《かたず》を呑《の》んで見守る紅葉の前で、匡隆はブイヤベースのスープを飲んで大きく頷いた。

「うん、いい味だ。すごいな、こんなに料理上手だったのか。きみに作ってくれる気があったなら、これまで惜しいことをした。サラダのドレッシングも、酸味が利いてて好みだよ」

見ていないできみも食べて、と促され、紅葉は安堵《あんど》の笑みを浮かべてカトラリーを手にした。


翌朝、原田から電話があり、未明に女児が誕生したと報告を受けた。

『病院へ行かせてくださって、ありがとうございました。出産に立ち会えて、本当によかった……紅葉さんのおかげです』

原田に感謝されて、紅葉は恐縮しながらも赤ちゃんの誕生を祝った。

匡隆と相談して、原田にはしばらく休みを取ってもらい、落ち着いてからは、マンションへは週二回程度のペースで来てもらうことにした。

その分、原田は松濤で勤務するわけで、一条夫妻にも話を通しておかなくてはならない。せっかくの采配を断るような形になり、その上、代わりに紅葉が家事をすると知ったらどう思うだろうかと、それだけが気がかりだった。

一条家の嫁らしくないって言われちゃうかな……でも、匡隆さんも私の料理が食べたいって言ってくれたし……。

電話をしてくれたのは匡隆で、紅葉はそばで聞いていたのだが、用件は思いのほかあっさりと片付いた。

『こっちがしたいようにしてくれって。ただしくれぐれもきみに無理をさせないようにと、俺が釘を刺されたけどね』

後日、紅葉はシフォンケーキを焼いて、一条邸を訪れた。近くに住んでいるのだから、たまにはご機嫌伺《うかが》いをするべきだろうし、内心紅葉の料理の腕前が気になっているのではないかと思ったのだ。シフォンケーキは紅葉の十八番《おはこ》なので、少しは安心してくれるのではないかと期待している。

「紅葉さん、よく来てくれたわ。変わりはない？」

「はい、おかげさまで。お忙しいところを、お時間いただいてすみません」

「紅葉さんならいつでも大歓迎よ。今日は男どもは会社だし、女子会を楽しみましょう――あらまあ、美味しそう。紅葉さんたら、料理上手なのね」

オレンジの果汁を使ったシフォンケーキに、持参したチョコレートクリームを添えてサーブすると、義母は子どものように手を叩いて喜んだ。

「美味しいわ。お店で食べてるみたい」

有名店のものを食べ慣れている義母だからお世辞だろうが、とりあえず及第点はもらえたようだと、表情を見ながら安心する。

「匡隆は奥さま手作りのケーキを食べられるのね。幸せ者だわ」

「いいえ、そんな……というか、まだお菓子は作っていません。タイミングが合わなくて……」

平日は夕食を済ませると、ゆっくりお茶を楽しむ時間はない。いや、眠るのはもっと後なのだけれど、早々に入浴を済ませた匡隆に、寝室に連れ込まれてしまう。

何度かあった休日もデートに誘われて、「いつも食事を作ってくれているから、今日は休みにしよう」と、飲食は外で済ませた。

「あら、きっと喜ぶわよ。あの子、意外とスイーツ好きなのよね。小さいころは、見ているほうが胸焼けしそうなくらい生クリームのケーキのブランチにしようかな……お食事系とスイーツ系の具
「そうなんですか……知らなかった」

じゃあ、今度のお休みは、パンケーキのブランチにしようかな……お食事系とスイーツ系の具材を添えればいいよね。

わがままを言ってハウスキーパーのスケジュールを変更してしまったことを、一応詫《わ》びたのだが、義母はまったく気にする様子もなく首を振った。

「匡隆にも言ったけれど、あなたたちの生活に合わせてくれてかまわないのよ。そちらの家庭の主役はあなたたちなんですから」

結婚前は、一条という家に嫁ぐのだという意識が強かったし、一条夫妻も紅葉に一条家にふさわしくあることを望んでいると思っていた。二十一世紀の世になっても、過去に殿さまだった事実は依然として残り、現代ではセレブとしてのプライドや、良家の品格を誇っているものだ、と。

しかし、どうやらそれは紅葉の思い込みだったらしい。少なくとも一条夫妻は、匡隆と紅葉の家庭生活に口を出す気はないようだ。それでいて、なにかあればいつでも手を差し伸べる心づもりでいてくれる。ありがたいことだ。

なんだか……全然政略結婚って感じがしない。ふつうに相手を決めて、祝福されて夫婦になったみたいだ。

紅葉が匡隆を愛しているのは言うまでもなく、匡隆も紅葉を妻として尊重してくれている。あまりにも大事にしてくれるから、もしかして愛情を持ってくれたのではないかと、たびたび思ってしまうくらいに、匡隆の夫ぶりは申し分がない。

だから紅葉は、匡隆に本当に好きになってもらえるように日々の努力を怠《おこた》るまいと、改めて思う。

努力って言っても、全然そんな感じじゃないけどね。

匡隆が自宅で快適に過ごせるように、室内を整えたり料理を作ったりするのは、むしろ積極的にやりたい。それで彼が喜んでくれれば、紅葉はその何倍も嬉しい。自分は匡隆の妻なのだと実感もする。

そして夜のひとときを、その日あった出来事やとりとめのないことを語り合って過ごすのも楽しみだったし、その後で匡隆に求められるのは、最大の幸せだった。


数日後の土曜日の朝、目覚めた紅葉はそっとベッドから出ようとした。

昨日はどうしても抜けられない接待とのことで、匡隆は帰宅が遅く夕食も家でとらなかった。先に休んでいていいと言われていたけれど、起きて待っていると、匡隆は嬉しそうな顔を見せてくれたものの、紅葉をベッドに追い立てて風呂に行ってしまった。

お酒臭いから、って言ってたけど、そんなに飲んだ匂いはしなかったような……。

紅葉のほうは帰宅を確かめてほっとしたのか、先に眠ってしまった。なんとなく匡隆がベッドに入ってきたのを憶えているが、ずいぶん遅い時間だったような気がする。

だから、休みだしゆっくり寝ていてもらうことにした。いつ起きてきてもすぐに出せるように、食事の準備をしておこう。

「きゃっ……」

「おはよう」

肩を包まれて引き戻された紅葉は、背後を振り返った。

「……お、おはようございます。ゆうべは遅かったんだから、まだ寝ていてください」

「うん。たまには惰眠を貪ろうか」

「私はちょっと……食事の支度を」

紅葉はそう答えて、匡隆の手をやんわり解こうとするが、その手は胸元へ移って、シャツタイプの寝間着越しに乳房をまさぐる。寝間着の下はショーツしか身に着けていないので、たちまち乳頭を探り当てられて、紅葉はあえかに喘《あえ》いだ。

「昨日はきみの手料理にありつけなかったから、楽しみだ。なにを作ってくれるんだ？」

「えっ……その、パンケーキ……を……」

匡隆は紅葉の耳元で囁《ささや》きながら、寝間着の裾をたくし上げると、乳房をむき出しにした。手のひらで覆うように揉み上げ、人差し指で先端を捏《こ》ねる。

夜毎繰り返される行為は、いつしか紅葉にとって日常となり、匡隆に触れられると朝だというのに身体がその気になってしまう。

「……あっ、……あ……」

「好物だ。でも、まずはきみを先に味わいたいな」

指がショーツの中に忍び込んできた。匡隆の指に蜜が絡み、密やかな音が響く。花蕾《からい》を指で転がされながら、首筋にキスを受けるうちに、ショーツを下ろされてしまった。

「美味そうな実をいくつも持ってるな。どれから先に食べよう？」

乳頭と花蕾を撫で回され、紅葉は身を捩《よじ》って快感を訴えた。乳頭をつままれて捏ねられ、花蕾を擦り上げられて上りつめる。小さな声を上げて跳ねた紅葉の片脚を、匡隆は自分の脚に引っ掛けると、背後から腰を寄せてきた。濡れたあわいに、熱く硬いものが押し当てられる。何度か襞《ひだ》を行き来して感触を楽しむようにしてから、おもむろに押し入ってきた。

「あ、あっ……」

仰《の》け反《ぞ》る紅葉の乳房を揉《も》みしだきながら、匡隆はゆっくりと抽挿《ちゅうそう》を始めた――。

寝室から続くシャワールームで一緒に汗を流した後、パンケーキを焼いて匡隆と食べた。

「驚いた、玄人《くろうと》はだしじゃないか。こんなに厚みがあるのにふわふわのパンケーキが、家で食べられるとは思わなかったよ。うん、美味い」

生クリームや各種ジャム、コンポートの他に、生野菜やポーチドエッグ、ベーコンやソーセージなど、いろいろな具材を用意したこともあるのだろうが、多めに焼いた分も匡隆はすべて平らげて、満足そうにコーヒーを飲んだ。

「気に入ってもらえたならなによりです」

「お袋が、シフォンケーキも絶品だったたって自慢してた。俺はまだ食べさせてもらってないんだけど？」

「え？　あ、それはタイミングが合わなくて……もちろんいつでも」

冗談めかした口調ながら、匡隆に期待されているのがわかって、紅葉は嬉しくなった。匡隆には毎日のように喜びや感激をもらっているのに、自分はその一割も返せていないのではないかと、つねづね気がかりだったのだ。料理のリクエストであっても、全力で応《こた》えたいと張り切ってしまう。

「他にもなにかありますか？　足りないことがあれば、なんでも言ってください。本当は、自分で気づいてやらなきゃいけないんですけど……」

匡隆は微笑んで紅葉を見つめていたが、わずかに首を傾げて、覗き込むようにした。窓からの陽光を浴びて、双眸《そうぼう》がきらりと光る。

「そうだな……強いて言えば、ベッドで積極的になってくれたら嬉しい」

「……え……あの……」

予想外の発言に加えて、先刻の出来事が蘇り、紅葉は言葉に詰まってただ赤面した。それを見た匡隆は、すぐに片手を振る。

「冗談だよ。いや、まるっきり冗談というわけでも……とにかくきみは、よくやってくれている。申し分ない奥さんだ」

その後も匡隆の態度はいつもどおりだったけれど、その言葉は紅葉の心に引っかかった。

そうだよね……エッチのときの私ったら、ほぼ寝たままっていうか、匡隆さんにされるままだもの。

一度、意を決して匡隆のものに手を伸ばしかけたのだが、無理をしなくていいと制されてしまった。本心ではなかったのかもしれないし、紅葉の様子からなにか感じたのかもしれないが、それでも行動するべきだったのではないだろうかと反省している。

一条夫妻も匡隆も反対しないから、本来、一条家の主婦には必要とされない家事を張り切ってやっているけれど、実際のところは紅葉の自己満足なのだろうか。

冗談めかしていたけれど、匡隆がいちばん望んでいるのは、やはり夫婦の営みだったりするのかもしれない。望めばなんでも手に入る立場だが、結婚してしまった今、こればかりは紅葉を相手にするしかないのだ。

それがつまらなかったら……やだよね、絶対。

世の中の新婚家庭がどのくらいの頻度でベッドをともにするのか知らないけれど、自分たちは毎晩のように睦《むつ》み合う。匡隆がそれを夫の務めと思っているのか、単にセックスが好きなのか。理由はどうであれ、その中で紅葉が自発的に変わっていくのを期待していないわけではないのだ。

あんなふうに言わせてしまったなら、成果が表れていないということで、紅葉は妻失格だ。

妻失格……恐ろしい響き……。

冗談ではなく青ざめてしまいそうだ。匡隆に好きになってもらいたいと年中無休で願っているのに、愛される妻になるどころか、失望されかけているかもしれない。

……でもでも、どうすればいいの？

匡隆のリクエストどおりにすればいいのだろうけれど、積極的とは具体的にどう行動すればいいのか。紅葉がチャレンジに挑んだときは、無理するなと言ったのに。

反応がもの足りないのだろうか。たしかについ必死に声を出さないようにしたり、身体に力を入れてしまうことはあるが、それも途中でわけがわからなくなって、自分がどうしているか半分以上憶えていない。

じゃあ、わかりやすく導入部から積極性を出してみる？　私からベッドに誘うとか……うわー、超恥ずかしいんですけど！　ていうか、なんて言ったらいいの？

あれこれ悩んだ末、紅葉はセクシーなナイティーと下着に頼ることにして、後日、顔を赤らめつつも真剣に品物を吟味して買い求めた。

その結果――匡隆はそれらを身に着けた紅葉に喜んでくれたようだったが、「中身のほうがもっと魅力的だよ」と囁かれた。

そんな嬉しいことを言われても……どうすればいいの？

◇

翌日の日曜日、匡隆は紅葉を連れて乗馬クラブに出かけた。

紅葉が子どものころから乗馬に親しんでいたのは、ずっと前から知っていた。知ったからこそ、匡隆もこっそりとクラブに通い、乗馬の腕を磨いていたのだ。その上で紅葉が所属するクラブへ出向いて、偶然を装い、うまくすれば一緒の時間を過ごせると目論《もくろ》んだが、さすがにそこまでの行動はできなかった。

当時は結婚相手の弟というポジションでしかなかった匡隆に、紅葉がどう接してくれるかわからず不安だったこともある。万が一にもマイナス感情を持たれてしまうのが怖かった。家族ぐるみでたまに会う機会までなくしてしまうかもしれない、と。

落馬でもしたら大ごとだと、匡隆との結婚が決まってから乗馬を禁止されていたと聞いたので、一緒に行くことにしたのだ。

「知りませんでした、匡隆さんも乗馬をするなんて」

助手席の紅葉は心が浮き立っているようで、笑顔で前を見ている。

「特に言いふらすことでもなかったし、そんなに熱心なわけでもないしね。きみより下手だと思うよ」

「そんなことないでしょう。学生時代はスポーツ万能だったたって聞いています」

「生き物相手だから、それだけじゃ乗りこなせない」

紅葉は本当に楽しみにしているようで、ショッピングや食事のデートでは見せたことがない表情をしている。こんなことならもっと早く連れていけばよかったと、匡隆は密かに反省した。

紅葉が自分から言い出さずにいたのも、遠慮してのことなのか、それともそのうち匡隆が不在の日中に行けばいいと思っていたからなのか。期待されていなかったなら、少しがっかりだ。

いや、でも、乗馬はひとりでするものだしな。一緒に行っても、馬に乗っている間は個人行動だから……。

騎士と姫君のように、紅葉を自分の前に乗せて走るわけにはいかないのだ。そう思った匡隆は、悪くないとそのシチュエーションをしばし夢想した。

タンデムみたいなもんだよな。いかにもカップルっていうか……ああ、でも前後が逆なとこがいい。ちゃんと守ってます感がある。

乗馬クラブでふたり乗りは無理だろうが、観光地の乗馬体験みたいなところなら、できるかもしれない。旅行に行くときはそれも考慮しようと、匡隆は心のメモにしっかりと記した。

クラブハウスに入ると、紅葉はそっと匡隆に寄り添った。気後れしたのだろうか。それで匡隆を頼ってくれているなら嬉しいと、指先が触れたのを幸いに手を繋いでしまう。

「大きくて立派な建物ですね……私が通ってたところとは全然違って……緊張します」

ビジターも受け付けているが、ゴルフ場のように会員権を持つメンバー優先なので、たしかにセレブと言われる人種が多いかもしれないし、自分の馬を預かってもらっているメンバーもいる。しかし、腕前はまた別の話だ。

「気にしなくていいよ。一応俺もメンバーだから」

とにかく上達したいと、最初のころは頻繁に通ったこともあって会員権を得たが、ステイタスを意識したことはない。そんなことで気分が変わるような輩《やから》は、しょせん見せかけだけのカッコつけだ。

上流階級だとかセレブだとか、当の自分もそう識別される立場だが、匡隆はくだらないと思っている。どうでもいい相手には存分に利用して、ふるい分けに使っているが、肝心なのは心根だ。子ども時代の紅葉は、すでに兄の結婚相手だと自覚しながらも、それで居丈高《いたけだか》になることはなく、無邪気で優しい少女だった。そんなところに、匡隆は惹《ひ》かれたのだ。

受付を済ませて馬が用意される間に、匡隆と紅葉はロッカールームで身支度をした。出てきた紅葉を見たとき、その姿に匡隆は見惚《みほ》れた。結婚後も魅了され続けていると感じているのに、紅葉はどこまで匡隆を好きにさせるつもりなのだろう。

長袖のポロシャツは無地の紺色で、濃いベージュの乗馬キュロットと黒のロングブーツを合わせている。服装だけは一丁前にブリティッシュスタイルで決めている他の利用者と比べたら、シンプルこの上ない。

しかし紅葉のプロポーションのよさが引き立ち、男どもの目まで引きつけているのに気づくと、匡隆は紅葉を隠すように馬場へ促した。

匡隆のほうは、カーキ色のポロシャツに黒いキュロットとブーツという、図らずも紅葉とペアルックのようなスタイルになった。

匡隆をちらりと見上げた紅葉は、小さく笑みを見せる。

「よかった、同じような格好で……これしか持ってこなかったから、だめなんじゃないかって不安になってました」

「ドレスコードがあります、って？　ばかな。競技会でもないのにあんな格好してくるほうが、なにも知らないんだ。だいたいもう初夏だぞ？　上着なんか着てたら、汗だくになる」

用意された馬は、匡隆のほうは過去に何度か乗ったことがある牡馬だった。匡隆が騎乗する間に、紅葉は担当の馬に話しかけて、鼻面や頬を撫《な》でていた。栗毛の愛らしい牝馬と紅葉の組み合わせは、見ているだけで匡隆に幸福感をもたらす。

スマホがないのがつくづく惜しい……いっそのこと、牧場を手に入れて紅葉専用の馬を買うか？

匡隆が本気でそんなことを考えているとも知らずに、紅葉は騎乗して匡隆に笑顔を向けた。

「お待たせしました。軽く流しましょうか?」

「あ、ああ。お先にどうぞ」

上級者コースはコーチがつかず、各々が自分の技量で馬を走らせている。紅葉は軽く馬の腹を蹴ると、コースに合流した。匡隆も後に続いたが、紅葉はたちまち常歩から速歩に進み、匡隆を振り返ってから駈歩《かけあし》になった。

『年数ばかり長いだけで、それほどでもないんですよ』

車内ではそう言っていたが、まったくの謙遜《けんそん》だ。馬との呼吸が合っているというか、無理がない。騎乗姿勢も美しい。

特に、丸みがあるヒップが馬上で跳ねるさまは、ついつい背後から見入ってしまう。自分の後ろから蹄《ひづめ》の音が聞こえると、視界を塞ごうとラインをずらして、馬を戸惑わせてしまうくらいだ。だって、俺の妻だぞ。誰にも見せたくないじゃないか。

今夜は絶対騎乗位だな、などと不埒《ふらち》なことを妄想していると、紅葉は障害コースに移動していった。なにを隠そう障害三級のグレードだという。

匡隆がコースを外れて立ち止まって見守る中、紅葉は馬を操って軽々とバーを越えていく。高さは九十センチだが、まだまだ余裕がありそうだ。

すべてのバーを飛び越えてゆっくりとこちらに近づいてきた紅葉に、匡隆は拍手をした。

「さすがだな。人馬一体って感じだ」

「この子が素直だからです。ねえ、ジュリア」

己の能力をひけらかさないのも紅葉の長所で、匡隆は我知らず口元を緩める。

昔からそうだったな……そんなところにも惹かれたんだ。

小一時間の乗馬を楽しんでクラブ内のカフェで休んでいると、後から賑《にぎ》やかに入店してきた男女四人のグループが、匡隆に手を振った。それに気づいた紅葉は彼らに会釈《えしゃく》をしながら、匡隆に訊《たず》ねる。

「お知り合いですか？」

「ああ、うん……ひとりは学生時代からの友人で、他はここで知り合った連中だ」

正直なところ、今は彼らの相手をしたくない。せっかく紅葉とふたりで、初の乗馬デートなのだ。

しかしそんな匡隆の心中も知らず、四人は隣のテーブルに座を占めた。元同級生で、今は父親の事務所でイソ弁中の大野《おおの》が、さっそくこちらに身を乗り出す。

「珍しいな、連れがいるなんて。あ、こんにちはー♪　初めまして、一条の親友の大野です」

「誰が親友だ。おまえの誕生日も知らないぞ」

匡隆は顔をしかめて言い返したが、調子がいい大野はこれくらいで怯《ひる》みはしない。

「まあまあ。それより紹介してくれよ」

「そうだよ、せっかく会えたのにさあ」

戸田《とだ》も口を揃えて言ってくる。こちらは食器メーカーの重役の息子だ。女子の柳原《やなぎはら》と森本《もりもと》は、チェーンエステサロン経営者と建築家の娘だったか。紅葉に向ける視線に険があるように見えて、匡隆はむっとする。ことに柳原は眦《まなじり》が吊り上がっている。

彼らとはここで顔を合わせたときに、飲みに流れるくらいのつきあいで、ときに羽目を外して品のない遊びをすることもあったので、なるべく紅葉と関わらせたくない。そう思っていたのに、いきなり紅葉が立ち上がった。

「初めまして。一条紅葉と申します。いつも主人がお世話になっております」

そう言って頭を下げた紅葉を、四人は呆然《ぼうぜん》と見つめた。

「……え？　主人って……一条のこと⁉　結婚したのか⁉　奥さんか⁉」

戸田の問いに、匡隆は頷いた。まさか紅葉のほうから自己紹介するとは思わなかったが、こうして知り合いの前で夫婦として振る舞えるのは嬉しい。

「ああ。式は来年だが、入籍は済ませた」

「うわー……いつの間に。まだ若いでしょ？　いくつ？」

「もうすぐ二十三になります」

大野が訊くと、紅葉はあっさり答える。個人情報をあまり洩らさないでほしいと、匡隆は気が気ではない。

「二十三！　いいの？　そんなに早く結婚しちゃって。まあ一条が急かすのはわかるけどさ。こんなにきれいで可愛《かわい》い御令嬢なら、あっという間に売れちゃうもんな」

「未来の社長夫人かあ――おっと、もしかして禁句だった？」

肩を竦《すく》めた戸田に、匡隆は首を振るだけにとどめた。詳しい事情は知らずとも、兄が会社を去ったことは広まっているらしい。

兄が関わった相手の上席に父が直接出向き、対処したと聞いている。互いに内々に処分をして口外無用、以後はこれまでどおりの取引を、という幕引きだ。

「兄は退職したが、俺が後を継ぐかどうかは未定だよ」

「またまた、そんなこと言ってー。よし、今日は就任予定祝いと結婚祝いだな。どこへ飲みに行く？」

大野がスマートフォンを取り出して、店探しを始めようとするのを、匡隆は制した。

「そんなことより、オーダーを先に決めろ。さっきから待たせてるんだぞ」

大野たちのテーブル横で、端末を手にしたスタッフが苦笑して頷いた。

その後も席の関係上、会話は続いたが、匡隆は自分から話題は振らなかったし、返事も最低限にとどめた。紅葉への問いかけもできるだけ阻止して、必要なら自分が答えるようにした。

「そろそろ帰ろうか」

紅葉にそう囁いたのを、大野は耳聡く聞きつけて、こちらのテーブルに身を乗り出す。

「えーっ、マジかよ？　飲みに行こうよー、おまえの奢《おご》りで」

「こっちにも予定があるんだよ」

「私、ちょっと化粧室へ……」

紅葉はそっとテーブルを離れた。匡隆はつい後ろ姿を目で追ってしまう。

「なんていうか、品があるねえ。さすがは一条家の嫁って感じ。ああいう子がまだいるんだな。世の中捨てたもんじゃない」

テーブルに肘をついて紅葉を見つめる大野に、匡隆は目つぶししてやりたい気持ちをこらえて、拳を握った。

見るな。減ったらどうする。

「森ちゃん、ショップ見てこない？　新しい帽子が欲しいんだ」

柳原が森本を促して席を立った。

それを見送った戸田が、匡隆を振り返る。

「いやあ、姫のご機嫌が悪いこと。一条も罪な男だね」

「俺のなにが。言っておくけど、あの女とはおまえらと一緒のときしか会ってないぞ」

匡隆が眉間《みけん》にしわを寄せて言い返すと、テーブルの下で大野に軽く脛《すね》を蹴られた。

「そのたびに、おまえにべったりだったじゃんかよ。狙われてたのを気づかなかったとは言わせねえぞ」

それは知っていた。あまりにもあからさまだったから。同時に彼女の目当ては、匡隆の見た目や出自、それに伴うステイタスでしかなかったはずだ。

ついでに言えば、そんな理由で言い寄ってくる女はひとりやふたりではない。過去、時と場合によっては相手をしたこともあるが、継続的な関係など築く気にはなれなかった。恋愛ですらない。

匡隆の心を奪ったのは、後にも先にも紅葉ただひとりだ。その紅葉を手に入れた今、他の女に目が行くはずがあるだろうか。

「じゃあ、そういうことで――」

匡隆は二テーブル分のオーダーシートを手にすると、レジに向かった。メンバーズカードで会計を済ませて、化粧室に続く通路の入り口で紅葉を待つ。

しかし、数分経っても紅葉は姿を見せなかった。匡隆は少しずつ通路を奥に移動する。化粧室は通路の右と左で男女に分かれているので、そこまで行っても不審者にはならない。

けっきょくその分かれ道まで来てしまい、壁に背中を預けた匡隆は、女子化粧室から興奮した声が洩れ聞こえるのに気づいた。

『調子に乗ってんじゃないわよ！』

柳原の声だ。

『どうせ親に頼んで引き合わせてもらった結婚でしょ。匡隆さんはあんたを気に入ったわけじゃないから』

『やめなよ、言いすぎだって』

柳原よりずっともそもそした声は、森本だろう。

紅葉は……？　紅葉はどうしてるんだ？　まさか手を上げられたりしてないだろうな？

柳原に対して憤るのはもちろんのこと、紅葉のことが心配で気が気ではない。匡隆は人目も憚《はばか》らず、化粧室の入り口に歩み寄った。ドアはないが、見通せないように仕切り壁がある造りになっている。

『奥さんだからって、安心してたら大間違いよ。すぐに飽きられて、浮気されるに決まってる。それでも文句は言えないから』

『もうよしなよ。紅葉さん、気にしないでね』

『森ちゃん！　あんたどっちの味方なのよ！』

荒々しい靴音が響いて、人影が飛び出してきた。匡隆がいるのに気づいて、柳原ははっと目を見開く。ぎこちない笑顔を浮かべて口を開きかけたが、匡隆が険しい表情をしているのに気づいて、そのままそそくさと走り去った。その後ろ姿を睨《にら》みつけていると、

「……匡隆さん……」

紅葉の声がした。

「紅葉……！」

紅葉の横には、付き添うように森本がいた。匡隆は彼女を押しのけて、紅葉の肩を抱き寄せる。

「だいじょうぶか？　大きな声が聞こえたから――」

「ごめんなさい、柳原さんが……ちょっと驚いて混乱してるんだと思います」

匡隆は森本に向かってきびしい目を向けた。

「驚いたり混乱したりするのは勝手だが、それを紅葉に向けるなら、こっちもそのつもりで対処する。あの女に会ったら、そう言っておいてくれ。俺はもう、顔も見たくない」

まるで自分に向けて言われたかのように、森本は顔色をなくして固まったが、それすらもどう

でもよかった。あの程度の制止しかできないなんて、この女も同罪だ。

紅葉に視線を移すと、俯《うつむ》いて黙り込んでいた。わずかに唇が震《ふる》えているように見えて、匡隆はたまらず、「行こう」と歩き出した。

怒りは強い後悔に変わっていく。どうして大野たちが来たときに席を立たなかったのだろう。いや、彼らとつるんでいたことすら悔やまれる。

……いや。けっきょく、俺の今までの行動が招いた結果だ……。

昔から紅葉ひと筋できたつもりだが、完全に身ぎれいだったとは言えない。ときには自棄《やけ》になったことだってある。どんでん返しが叶った今、そのころのツケが回ってきたのだろう。

しかし、それなら匡隆に向ければいいものを、紅葉に当たったことは許しがたい。

あの女……俺がどんなに紅葉と結婚したかったか、知りもしないくせに。浮気だと？　そんなことするはずがない！

とにかく柳原はもちろんのこと、大野たちとも縁を切るつもりだ。しょせんは匡隆のポジションや金目当ての仲間だ。いや、仲間なんて言いたくない。紅葉を侮辱《ぶじょく》し、脅《おび》えさせた奴らなんて、見たくもない。

ロッカーで着替えて車に乗り込むと、走り出す前に匡隆は紅葉の手を握った。

「嫌な思いをさせてすまなかった」

顔を上げた紅葉は何度か瞬きをすると、小さく微笑んだ。

「匡隆さんのせいじゃありません」

それに対して匡隆は首を振った。

「あいつらが言ったことは全部、気にするな。それと、今度からはきみが行っていたクラブに行こう」

「えっ……」

紅葉が眉を寄せたので、匡隆は慌《あわ》てて言い直した。

「いや、ここでなければどこでもいいんだ。ああ、別のクラブの会員になるのもいいな。最近、千葉にもいい乗馬クラブができたって聞いた」

「いいえ、そうじゃなくて……匡隆さんのおつきあいがあるんじゃないですか？　私のことは気にしないでください」

柳原の言動に少なからず傷ついただろうに、匡隆の交友関係を気にかける紅葉の健気《けなげ》さに、胸が痛んだ。

なにやってるんだ、俺は……紅葉を妻にして、絶対に幸せにすると、そして振り向いてもらうと、誓ったはずじゃないか。それなのに……。

我知らず握った手に力が入って、紅葉が手を引こうとした。しかしそれを許さず、紅葉の指先を唇に押し当てる。

「俺には、きみのほうがずっと大切だ……」

◇

……あんなことがあるなんて、予想もしてなかった……。

数日後の昼前、ベッドメイクを終えた紅葉は、小さく息をついてベッドの端に腰を下ろした。

紅葉がたちまち恋に落ちたように、誰の目から見ても匡隆はモテるだろうと思っていた。実際に以前は、華やかな私生活だったと思わせることも、匡隆自身の口から聞いている。

しかし紅葉との縁談が決まってからは、身辺は整理したと言っていたとおりで、結婚前も結婚後も、匡隆は紅葉に誠実に振る舞ってくれていた。いろいろと未熟で不満もあるだろう紅葉を、妻として受け入れてくれていると感じられ、政略結婚だということを忘れてしまうくらいに、優しく気づかってくれたのだ。

だから紅葉は、いつか匡隆が心から紅葉を愛してくれるのを願って、ひたすらそのために努力し、報われるのを夢見ていた。

まさかいまだに匡隆に執着し続ける女性がいるなんて、考えも及ばなかったのだ。紅葉の前にあるハードルは、匡隆の愛を得ることだけだと思い込んでいたから。

決して妻の座に胡坐《あぐら》をかいていたわけではないけれど、妻帯者に言い寄ろうとする女性がいるとは思いもよらなかった。

柳原さん、って言ったっけ……すごい剣幕だったな……。

あんなにあからさまな敵意を向けられたのは生まれて初めてで、かなりショックだった。矢継ぎ早に罵倒《ばとう》を浴びせられて、声も出なかった。きっと震えていたと思う。

化粧室を出たところに匡隆が立ち尽くしていて、紅葉は思わず駆け寄りそうになった。それよりも早く匡隆のほうから駆けつけてきて、紅葉を抱き寄せてくれた。

森本の説明に、匡隆はきつい言葉を返して、その後、帰りの車内では紅葉に謝ってくれた。乗馬クラブに連れてきたせいで、紅葉に嫌な思いをさせてしまったと、自分の行動を悔いているようだった。

もうあの乗馬クラブには行かないとまで言い出したので、紅葉は逆に慌ててしまった。彼らがそれなりの地位にあり、いわゆる上流階級の交友関係という間柄《あいだがら》なのは間違いなく、交流を絶つようなことになったら、ゆくゆく匡隆に都合が悪くなるのではないかと懸念したからだ。匡隆を妻としてフォローするのが自分の務めなのに、真逆に向かってしまう。

しかし匡隆は微塵《みじん》の迷いもない様子で、こう言った。

『俺には、きみのほうがずっと大切だ……』

その言葉に、柳原に詰め寄られた恐れも、匡隆の妻にふさわしくないと評された惨《みじ》めさや、夫である匡隆への申しわけなさも、押し流されていくようだった。

しかし時間が経った今、振り返ってみると、自分はかなり楽観的だったのではないかと思えてきた。というか、初めての経験に視野が狭まっていて、自分と匡隆のことしか考えられなくなっていたのではないだろうか。

いつか匡隆さんに愛されたい、それだけが悩み——なんて……。

それだってなんの保証もなく、時間が経てば匡隆が好きになってくれるとは限らないのだ。

さらに世の中には、柳原のように匡隆に迫ってくる女性もいるだろうし、紅葉よりもよほど魅力的な女性もごまんといて、その誰かに匡隆が心を奪われないとも言えない。

結婚をゴールインなんて言うけれど、全然違う。それ以前と変わらず、人は多くの異性と出会い関わるし、その相手にときめくことだってあるだろう。だから、こんなに離婚や不倫が溢れているのだ。

ましてや紅葉は、匡隆に愛され、望まれて妻となったのではない。世の夫婦よりも、絆《きずな》はずっと弱くて細い。

……でも、私は匡隆さんが好きなんだもの。彼以外を愛したくないし、きっと愛せない。

あまりにも自然に頭に浮かんだ愛するという言葉に、紅葉ははっとした。これまでも匡隆を好きだと思い、結婚できたことが嬉しかったけれど、それはとうに匡隆に恋をしていたからなのではないだろうか。

顔合わせでバラ園を歩き、胸を高鳴らせたときから——あれは一目惚れで、あのときから紅葉の恋は始まっていたのだ。

恋を自覚した紅葉は、思わず胸を押さえた。この想いを大切に思う。それ以上に、匡隆自身をますます大切に感じる。

恋の成就が望み薄でも、リタイヤなんてしない。これからもずっと匡隆のそばにいたい。夫婦でいたい。そしてやはりいつかは、彼の心が欲しい。

頭の中を整理して、自分がなにをいちばん望んでいるのかを確かめたことで、もやもやしていた気持ちが、だいぶ落ち着いた気がする。同時に、弱りかけていた心が、匡隆の愛を得ようと再び上向いたようにも感じた。

無自覚の恋心に突き動かされて見えなくなっていたけれど、冷静に考えれば、匡隆が言葉を尽くし、態度で示してくれるほどには、紅葉は妻としてやっていけていないのだろう。柳原の登場とその言動に、大いに動揺してしまったのもそうだ。一条匡隆の妻たるもの、あの場はなにごともなかったかのようにスルーすべきだったのだ。

匡隆さんは、柳原さんに全然興味がないようだったし……それどころか本気で怒ってて、今後のつきあいがなくなっても、未練なんてないみたいだった。

それについては、紅葉は実際のところ胸を撫で下ろしていた。あんなふうに言い寄られるなんて、匡隆のほうにその気がなくても嫌だ。

とにかく紅葉がすべきなのは、匡隆が満足してくれる妻になれるように努力することだ。紅葉の目に映る匡隆は、百点満点の夫だ。その彼にふさわしい妻でありたい。

ふいに呼び出し音が響いて、紅葉は慌てて立ち上がり、テーブルに置いておいたスマートフォンを拾い上げた。匡隆の名前が表示されていて、思いがけず彼の声が聞けるチャンスに、ドキドキしながら通話に切り替える。

「はい、紅葉です」

『悪い、今だいじょうぶか？』

「ええ、なにか？」

『ちょっと忘れ物をしてしまって——』

書斎に置き忘れたＵＳＢメモリーを、会社まで持ってきてほしいとのことだった。

「わかりました！　すぐに行きます」

『いや、必要なのは夕方だから、急がなくていいんだ。それに俺は今、外に出てるから、午後のほうが都合がいい。いいかな？』

「もちろんです」

紅葉は心が浮き立つのを感じた。さっそく匡隆の役に立てる。しかも自宅の忘れ物を届けるなんて、妻ならではの役目だ。

それに、匡隆さんも私を妻と思ってるから、呼びつけるってことよね？　もしかして、会社の人に「妻が届けてくれることになったから」とか言ってたりするのかな？　それで、「優しい奥さんですね。ぜひご挨拶《あいさつ》させてください」とかなんとか——。

妄想に走りかけた紅葉は、はっとして時刻を確かめた。

「午後からなら、急がなきゃ」

呟《つぶや》いて、急ぎ足で寝室を後にする。

会社へ出向くとなれば、匡隆に恥をかかせないように、なるべくちゃんとしたい。今から支度すれば、間に合うはずだ。

残りの掃除をざっと済ませて、夕食が必要ない日なのを幸いと、紅葉はシャワーを浴びた。念入りにブローをして、化粧を済ませ、ウォークインクローゼットの中で、あれこれと洋服を当てて鏡を覗く。

シンプルな紺のワンピースに麻のジャケットを合わせて、どうにか納得した。妻というよりも、新人社員のように見えなくもない。

アクセサリーはつけずに、バッグと靴を揃いのものにした。先日、匡隆とショッピング中に、勧められて買ってもらったものだ。匡隆は平然と会計していたけれど、紅葉は値段を知って怯んだ。果たしていつ使えばいいのかと悩んでいたが、色も合っているし、せっかくなので最初に匡隆に見てもらおう。

新橋にある一条製薬本社までは、電車と徒歩で三十分ほどの距離だ。匡隆はきっとタクシーで来ると思っているだろうが、所要時間に大差はない。むしろ渋滞にはまったときのことを考えたら、紅葉にはタクシーを選ぶメリットが考えられない。

手土産を買い、新橋駅から歩いて一条製薬の本社ビルが見えたところで、紅葉は手前のホテルのエントランスを潜《くぐ》り、化粧室で最終チェックをした。

ストッキングは……ＯＫ、伝線ナシ。汗崩れもだいじょうぶだし、肝心のＵＳＢメモリーもバッグに入ってる。

紅葉は改めて一条製薬に向かった。ドアを潜ると広いロビーがあり、壁際に受付があった。約束した時間にはまだ間があったので、会釈だけして片隅のソファに腰を下ろした。これも匡隆から贈られた腕時計をちらりと見下ろして、針が進むのが遅いと感じる。

そんな紅葉の前に人影が立ち、見上げると受付の社員が立っていた。

「いらっしゃいませ。ご用件を承ります」

「あっ、あの、お世話になっております！　営業部の一条の家内でございます」

「は……？　一条本部長、ですか……？」

怪訝《けげん》そうな表情に、もしかして会社で結婚の話は出ていないのだろうかということが、紅葉の頭をよぎった。

「はい、あの、届け物を……」

どうしよう……言ったらまずかったのかな？　でも、言い直したらよけい怪しいし……。

紅葉が焦《あせ》っていると、エントランスのほうから声がした。

「紅葉さん？」

振り返ると、社長の一条氏がお付きの者を従えてこちらに歩いてくるところだった。見知った顔にほっとする一方、どう反応したらいいのか迷う。

「あ……こ、こんにちは……」

けっきょく、なんだかお使いに来た子どものようになってしまい、その間に一条氏自ら、受付の社員とお付きの社員に、紅葉を紹介してくれた。

「し、失礼いたしました！」

受付の社員が平身低頭するのを、一条氏は鷹揚《おうよう》にいなす。

「まあ、式披露宴はこれからだからね。よろしくお見知りおき頼むよ。それで紅葉さん、今日はどうしたのかな？」

「はい、匡隆さんから届け物を言いつかって。約束より少し早く着いてしまったものですから」

一条氏と話す間、なんとなく視線を感じて目を動かすと、受付の社員の冷めた眼差しがあった。

旧態依然とは言わないが、受付を設けてそこに座らせている女性社員だけに、彼女もなかなかの美人だ。冷たく見つめられると迫力がある。

ふと思い出したのは柳原で、受付の社員ももしかしたら匡隆に憧《あこが》れていたりするのだろうかと思う。そうだとしても、不思議ではない。なにしろイケメンで有能で、未来の社長だ。

でもちょっと……居心地はよくない、かな……。

「せっかくだから、社内を案内しよう」

「えっ？　いえ、そんな……お忙しいのに、申しわけないです。ここで待たせていただきますから」

「なあに、匡隆にけっこう任せているからね。それに、私だって義娘を自慢したいじゃないか」

空気を読んだのか読めていないのか、一条氏は紅葉を促してエレベーターに向かった。

「仲よくやっているようで、安心してるよ。とても気がつく奥さんだと」

エレベーターの中で、一条氏はそう言って笑った。

「……とんでもない。未熟者で、匡隆さんも不満に思うことが多いかと……」

「そうかな？　あいつのあんなに機嫌がいい顔を見るのは初めてなんだが。浮かれているんじゃないかと思って仕事を増やしても、いっこうに変わらん」

エレベーターを降りた階は、営業部のようだった。いくつかのセクションに分かれて、社員が忙しそうにパソコンに向かったり、電話をしたりしている。外回りに出ているのか、空席も多い。

紅葉が通路からフロアを見回していると、パーティションで仕切られたところから、数人の社員が出てきた。最後に匡隆が姿を現し、腕時計を見下ろして眉をひそめ、踵《きびす》を返そうとした。

「あ……」

こちらを向くかもしれない、自分に気づくかもしれないと、紅葉は小さく呟く。しかし社員の呼び止めに、匡隆は声の主を振り返った。書類を手にした部下と思しき男性社員の手元を覗き込んで、なにか指示している。その間にも、周囲にわらわらと社員が近づいてきて、匡隆はある者にはきびしい目を向けて叱咤《しった》し、またある者には労《ねぎら》うように肩を叩いて笑みを見せた。

いずれの場合も匡隆の反応は早く、判断力や決断力にも優れた優秀なビジネスマンぶりが窺える。そして、紅葉といるときには穏やかな笑みを絶やさないのに、きりりと鋭い表情でいるのも目を引いた。

……か、カッコいい……。

紅葉は隣に一条氏がいるのも忘れて、匡隆の仕事ぶりに見入った。

部下たちが散っていくと、匡隆は慌てたように動き出そうとしたが、視線の先に紅葉と一条氏を捉えたらしく、呆然と目を見開いた。

「やっと気がついたようだな」

含み笑う一条氏を軽く睨みながら、早足で通路に出てきた匡隆は、まず紅葉に声をかけた。

「すまない、約束の時間が過ぎたな」

「いいえ、お仕事中ですもの。はい、これ――」

紅葉が差し出したUSBメモリーを笑顔で受け取った匡隆は、次に表情を一変させて一条氏を見る。

「なんでこんなところにいるんですか」

「ご挨拶だな。自分の会社にいておかしいか?」

両手を広げておどけて見せる一条氏に、匡隆はますます深く眉間にしわを寄せた。

「そういうことじゃなく――」

「偶然下で会ったんでな、社内見学ツアーを催していたところだ。ひとりで待たせていても退屈だろう」

「お義父さまはお気づかいくださったんです。私が早めに着いてしまったので……ごめんなさい、お仕事の邪魔をして」

「きみは悪くない」

「そうそう、忘れ物なんかする奴が悪い」

匡隆がじろりと睨《ね》めつけたので、一条氏は肩を竦めて紅葉に手を振った。

「それじゃ私は失礼するよ。紅葉さん、また松濤のほうへも遊びに来てくれ」

「あ――ありがとうございました!」

一条氏がエレベーターホールへ向かうのを見送っていると、匡隆が紅葉に声をかけてきた。

「悪かったな。親父に引っ張り回されたんだろう?」

「いいえ。会社の中に入るのなんて初めてなので、興味深かったです」

特に仕事中の匡隆の姿を見られたのが、とは恥ずかしくて言えない。

大学卒業後は結婚と決まっていて、紅葉は就職活動もしていないので、オフィスの光景はもの珍しかった。社員が皆てきぱきと働いていて、誰もが優秀そうに見えた。もちろん匡隆がいちばん目を引いたのは、言うまでもない。

ていうか、匡隆さんしか見てなかったけど……。

「あ、そうだ、これ……少しですけど、皆さんで召し上がってください」

紅葉が手土産の袋を示すと、匡隆は慌てたようにそれを受け取った。

「こんなに……気をつかわなくていいのに。重かっただろう。タクシーから運び出すだけでも重労働だ」

「そんなことありませんよ。それに、電車で来ました」

紅葉の言葉に、匡隆は目を瞠る。

「この暑い中をか」

「平気です。と言いたいところですけど、ビル街は熱気がすごいですね。匡隆さんこそ、外出だったんでしょう? 気をつけてくださいね」

匡隆は頷いて、紅葉に微笑みかけた。

「一条本部長、お話し中に申しわけありません。この後の会議の資料です。作っておきましたので、修正があればご指示ください」

つかつかと近づいてきたのは、いかにもキャリアっぽい女性社員だった。パンツスーツが似合う美人でもある。

「ああ、ありがとう」

匡隆は受け取った資料に目を通し始めたので、紅葉は後退しながらそっと声をかけた。

「それでは、私はこれで失礼します……」

女性社員と目が合ったので、目礼して踵を返そうとしたが、

「紅葉、ちょっと待って」

匡隆に待ったをかけられた。戸惑いながらも立ち止まっていると、匡隆は見終えた資料を女性社員に渡した。

「どこも直さなくていい。さすがに頼りになるな」

嬉しそうに頷いた女性社員に、匡隆は続けて土産の袋を手渡す。

「これは妻からの差し入れ。みんなで食べて」

女性社員は紅葉に礼を述べると、フロアに戻っていった。

少しだけ、ほんの少しだけれど、彼女が羨《うらや》ましくなった。匡隆が働くこの場所で、同じ目標に取り組み、同じように達成感を味わっていることに、なんとなく疎外感を感じてしまう。

しかし紅葉がここで働けるわけもなく、自分がすべきなのは家庭内で匡隆をサポートすること

だとわかっている。

紅葉と一緒にいる、夫としての匡隆しか知らなかったから、自分が介入できない世界で有能かつ魅力的に活動している彼を見て、――なんと言ったらいいのだろう、おかしなことだけれど、不安のようなものを感じた。

やだな、なにを考えてるんだろう、私……おかしいよ。匡隆さんには仕事があるんだから、外と家とふたつの世界があるのは当たり前じゃないの。

「紅葉――」

ふいに肩に手を置かれて、紅葉は匡隆を見上げた。自分は今おかしな顔をしていないだろうかと気になりながら、ぎこちなく笑みを浮かべる。

「ん……ちょっと顔色が悪いな。照明のせいか？　休憩がてら冷たいものでも飲みに行こう。近くに落ち着けるカフェがあるんだ」

「え……でも、お仕事中じゃ……」

「だいじょうぶ。そのつもりで、昼は蕎麦《そば》で済ませて、休憩時間を残しておいた」

匡隆と連れ立ってエレベーターに乗り、ロビーを横切ろうとしていたとき、外から戻ってきた社員グループと擦れ違った。

「堂々と女連れかよ」

「さすがにそれはないだろ。嫁だろ」

「ここが俺の会社になるんだよ、ってか」

「そんなことあるわけないのにな」

洩れ聞こえた、というよりも聞こえよがしな言葉に、紅葉は思わず後ろを振り返りそうになったが、止めるように匡隆が肩に手を添えてきたので、そのまま歩き続けた。ちらりと隣を窺うと、まるでなにも聞こえなかったかのように動じない横顔があった。

あんなことを言う人がいるの？　同じ会社の人間なのに……。

漠然《ばくぜん》と、次期社長として慕われていると思っていたし、実際先ほど目にしたのもそんな光景だったから、真逆の態度を取る社員がいることに紅葉は驚き、怖いとも思った。

匡隆に案内されたのは、漆喰《しっくい》壁に焦《こ》げ茶の腰板が趣《おもむき》のある、古きよき喫茶店のような佇《たたず》まいのカフェだった。狭い裏通りに面しているので、知る人ぞ知るという感じで、ランチタイムが過ぎた今は席も空《す》いていた。

ほどよく冷房が効いている奥のソファ席に紅葉を座らせ、匡隆はテーブルを挟んだ向かい側に腰を下ろした。軽くネクタイを緩めるしぐさも初めて見るもので、紅葉は見惚れてしまう。しかし心の真ん中には、先ほどの言葉が居座っていた。せっかく匡隆が時間を割いて連れてきてくれたのだから、この場を楽しみたいのに。

お勧めだという水出しのアイスコーヒーを頼んで、それが来るまでの間、土産はなにを買ったのかとか、ＵＳＢメモリーを忘れたのは取り違えだったとか、とりとめのない話をした。

「気になる？　なんだか上の空だ」

ストローを挿してアイスコーヒーをひと口飲んだところで、匡隆が切り出した。自分から話題にするつもりはなかった紅葉だが、水を向けられたので正直に頷く。

「少し……びっくりしてしまって」

「まあ、どこの会社でも一枚岩とはいかないよな。規模が大きくなればなるほど。さっきのは、祥晃《よしあき》に追従してた奴らだ」

「派閥とか、そういうのですか?」

ドラマや小説、あるいは政治の話題でしか知らない言葉が、口をついて出た。しかし匡隆は小さく笑う。

「派閥もなにも、うちは代々長男が後を継いできたし、次もそうだと誰も疑ってなかったわけだけどね。春までは」

たしかにそのとおりだ。だからこそ紅葉も子どものころから、祥晃と結婚するのだと聞かされてきた。匡隆だって、自分が後を継ぐことになるとは夢にも思っていなかっただろう。

「あいつらは、いずれ社長になるだろう祥晃に取り入って、美味しい思いをしようと期待していたに過ぎない。その目論見は潰《つい》えたが、これまで洟《はな》も引っかけなかった俺に、今さら諂《へつら》うわけにもいかないんだろう。奴らのお追従を、俺が冷めた目で見てたのを知ってるしな。それともどこかでまだ逆転があると、他力本願に夢見てるのか――」

匡隆の評は辛辣《しんらつ》で、これまでとは違う面を知るようだった。しかしビジネスにおいては、これくらい冷静であることが求められるのだろう。ましてや匡隆は、今後の一条製薬を背負っていく立場だ。

「いずれにしても、先々あいつらをどう扱《あつか》うかは、能力次第だな。なにを口走ろうと、仕事で成果が上げられるなら文句はない。だから放置してる」

ビジネスマンとしての匡隆を冷たいとか怖いとか思うよりも、頼もしく感じる。洩れ聞いた祥晃の仕事ぶりよりも、よほど社長としてふさわしい器なのではないかと、紅葉は思った。

尊敬できる人だ……。

夫として以外の面を見て、尊敬できると思えたことは、大きな収穫というか、紅葉にとって嬉しいことだった。また匡隆を好きになる。その彼の妻として、自分をもっと高めていかなければと、真剣に思う。

「なんだか堅い話になったな。ここまでにしよう」

匡隆はそう言って手のひらを見せ、アイスコーヒーを口にした。しかし紅葉が無言でいたせいか、身を乗り出してくる。

「俺はまったく気にしてないんだから、きみもなにも心配しなくていい」

「あ……はい。匡隆さん、会社だとなんだか別人みたいで……さっきもきりっとしていて、デキる男って感じでカッコいいなと思ってたんですけど」

恥ずかしくて言えないと思っていたのに、けっきょく口走ってしまい、紅葉は慌てた。匡隆は目を見開いてから、照れたように視線をさまよわせる。

「そりゃあ……新婚だからって、仕事中はニヤついていられないからな。でも、いつだってきみの夫であることに変わりはない」

紅葉の手を握ってきた匡隆の手は、銅製のカップを掴んでいたせいで冷えていたけれど、紅葉はそれを心地よく感じた。


学生時代に特に仲がよかった沙耶《さや》と美登里《みどり》が、紅葉の入籍を知ってお祝いの会を開いてくれることになった。

『遠慮なんてしないで、行って楽しんでおいで。卒業以来、会ってないんだろう？』

働いて帰ってくる夫を家で出迎えないのは妻として気が引けて、匡隆に相談したところ、快く送り出してくれた。もっとも心配だからと、場所とおおよその帰宅時間は訊かれたが、それは一緒に生活する者として当然だと思う。

社会人の沙耶に合わせて、待ち合わせは十八時に青山のカフェと決まった。

くすんだラベンダーカラーのサマーニットと更紗のロングスカートに、革メッシュのバッグとサンダルを合わせてカフェに入ると、すぐに沙耶と美登里が手を振ってきた。

ふたりとも横浜の山の手にあるヴェロニカ女学院で、小学校からの同級生だ。大学卒業後、沙耶は父親が社長を務める会社に勤め、美登里は九月からイギリスへ語学留学する。

「遅いよ、紅葉」

「えっ、まだ時間前でしょ。ていうか沙耶、大学のときより派手じゃない？　社会人に見えない」

服こそシンプルな黒のワンピースだが、大粒のダイヤモンドをあしらったロングのステーションネックレスに揃いのブレスレットと、もはや宝飾品と言っていいような腕時計を身に着けていて、動くたびにキラキラしている。長く伸ばした爪は、とろりと赤いネイルで彩られていた。

「うち宝石屋だから、ついつい買っちゃうんだよね。仕事中はお客さまファーストでなにも着けてないから、その反動かな」

「似合うよ。沙耶は顔も派手だから、ダイヤに負けてないし」

そうフォローする美登里は、すっきりしたショートボブに、麻のジレとワイドパンツのセットアップという、変わらずマニッシュな雰囲気だ。

「我々のことはいいのよ。紅葉、結婚おめでとうー！」

ふたりは両手を上げて声を揃えると、紅葉を抱きしめるようにその手を伸ばした。それぞれの手を握り返して、紅葉も礼を言う。

「ありがとう。なんとかやってます——あ、アイスティーをストレートでお願いします」

カフェのスタッフにオーダーを通すと、沙耶がため息をついた。

「なんとかって、ねえ……どういうことなのよ？　そりゃあ紅葉は卒業したらすぐに結婚するって言ってたけど、相手の名前が聞いてたのと違うんだけど？」

「そうだよ、私だって沙耶から連絡もらって、二度聞きしちゃったもん。弟のほうなんだよね？」

さっそく問い詰められて、紅葉は俯いて頷いた。

「……うん。でも！　でも、匡隆さんが相手でよかったと思ってるの」

「匡隆さん、だってー」

沙耶と美登里は顔を見合わせた。

「まあ紅葉はさ、誰とっていうよりは、一条家に嫁ぐのが決まりなんだってよく言ってたから、問題だと思ってないのかもしれないけど」

腕組みをして椅子の背にもたれる美登里の横で、沙耶は逆にテーブルに身を乗り出してくる。

「誤解しないでよ？　私たちは難癖つけてるわけじゃないんだ。紅葉が幸せになってくれるのがいちばんなんだから」

「そう、心配っていうか……よけいなお世話って言われたらそのとおりだし、実際今も、紅葉からよかったって聞いて、ちょっとほっとしたけど」

それでも詳しく話が聞きたい、というのがふたりの総意らしい。

「その件は場所を移してからにするとして——紅葉、きれいになったね」

美登里の感想に、沙耶も大きく頷いた。

「うん、入ってきたときにそう思った。あれですか、人妻の魅力ってやつですか？　なんかさあ、こう、しっとりした色気って言うの？　紅葉に色気なんて言葉を使う日が来るとは、思ってなかったし」

「やだなー、なに言ってるの、ふたりして。揶揄《からか》わないでよ」

紅葉が思わず頬に手を当てると、すかさず沙耶が指摘する。

「マリッジリングなんか見せつけちゃって。私のダイヤが霞《かす》むじゃないのよ」

「お宅のお店でご購入じゃなかったの？」

美登里の問いに、沙耶は首を振った。

「残念ながら」

そのやり取りに、紅葉ははっとして両手を合わせる。

「あっ、沙耶、ごめん！　バタバタしてて、思い出さなかった！」

沙耶が予約していたオステリアに移動し、丸テーブルを囲んで、アペロールスプリッツで乾杯をした。紅葉の分は、プロセッコとアペロールをかなり少なめにしてある。

グラスを一気に干した沙耶は、大きくため息をつく。

「美味い……けど、もっとガッツリ飲みたい。赤、行っていいですか？」

「はいはい、その前に料理頼もうね。紅葉が手持ちぶさたになっちゃうから」

「そうだった、姫のお祝いだ。あ、もう奥方か」

生ハムの盛り合わせ、本日のピンチョス、ホタテとキウイのカルパッチョ、ウニとチーズのニョッキなどを、ワインと一緒に注文し、紅葉にはノンアルコールのスパークリングワインで作ったミモザを頼んでくれた。

生ハムを指先で裂きながら、沙耶がマスカラに縁どられた目を紅葉に向けてくる。

「それで、なんで祥晃さんが匡隆さんになったのかな？　まさか紅葉がチェンジをかけたわけじゃないんでしょ？」

「うん……実は――」

収賄や勘当は伏せて、大まかなところを打ち明けた。そこを伝えていないせいか、ふたりは今ひとつ納得していない様子だったが、政略結婚と知っているからか、曖昧《あいまい》に頷いた。

「相手が変わっても、そのまま進んじゃうとこが紅葉らしいと言えばらしい……」

美登里は肘をついて、グラスを傾けている。

「……そうじゃないの」

紅葉は思いきってそう言った。

思えばふたりの誘いに応じたのも、結婚を祝うと言われて嬉しかったこともあるけれど、現状を誰かに聞いてほしかったのだ。ずっと親しくしてきて紅葉をよく知り、しかし今はめったに会うこともない沙耶と美登里は、その相手として適している。

「ん？　なにが？」

美登里は察しよく、紅葉がなにか打ち明けようとしていると気づいて、水を向けてくれた。

「私……匡隆さんが好きなの。だから結婚したいと思って、OKしたの」

沙耶は目を瞠って、グラスをテーブルに置くと身を乗り出した。

「好きって……まさかラブなの？　紅葉が？　顔合わせで、子どものとき以来初めてまともに会ったんでしょ。あ、一目惚れってやつ？」

はー、紅葉が、と感慨《かんがい》深げに呟く沙耶の肩を、美登里が叩いた。

「紅葉だって年ごろの女だってことだよ。おかしくないじゃない」

「だってさあ、合コンに連れてってても、なんかその気になれないとか言って、告白を断りっぱなしだったのに。そんなにいい男なの？　匡隆さんは」

沙耶の問いに、紅葉は大きく頷いた。

「すごくすてきだし、いい人。優しいし、尊敬できるし……私にはもったいないくらい。この前も――」

これまで匡隆のことをどんなに好きでカッコいいと思っても、己の胸の中で騒ぐしかなかったので、またとないチャンスとばかりに、紅葉は言葉を並べた。エピソードは次から次へと口をついて出て、思い出を振り返るだけでもときめきく。

「わかった！　ちょっと休憩しよう。のろけ話が続くと胸焼けするわ」

「のろけ？　そんなつもりじゃ……」

薄いクラストに数種類のチーズが載ったピザがテーブルに届き、沙耶は「このタイミングでピザか」と言いながらも、さっそく熱々のそれをつまみ上げた。

「どの口が言うか。まあ、一目惚れの相手と結婚して、それだけ大事に愛されてれば、幸せいっぱいだろうけど」

「お姫さまは王子さまと結婚して、幸せに暮らしましたって、おとぎ話みたいだね。でも、紅葉にはそういうのが合ってると思うよ。とにかく、幸せでよかった」

とろりと糸を引くチーズを、紅葉は見つめながら呟いた。

「……愛されてはいないよ」

沙耶が手にしているピースから垂れたチーズを指先に搦《から》めとって、口に運ぼうとしていた美登里が、紅葉を凝視した。

「……ちょっと紅葉、なに言ってるの？」

「そうだよ。政略結婚だから、ってオチ？」

そう言ってピザにかぶりついた沙耶に、紅葉は頷いた。

「うん、そう。匡隆さんにとっては政略結婚で、だから完璧な夫として振る舞ってくれてるんだと思う。私のことは……嫌ってはいないだろうけど、愛してはいないよ」

ピザを飲み下した沙耶は、苦しそうに胸を押さえ、美登里にワインを注いでくれるように手ぶりで示す。なみなみと注がれたワインを一気に飲み干して、大きく息をつくとロングヘアを掻き上げた。

「なにを言うかと思えば……あんたの話のどこが、愛されてないのよ？」

「そうだよ、紅葉。政略結婚だから完璧な夫を演じてるってのも、私にはよくわからないけど、そういうのって限界があるし、おのずと気づくものだよ。紅葉は匡隆さんの態度に、いつもドキドキしちゃってるわけでしょ」

ふたりに揃って否定され、紅葉は俯いた。

「それは……私が匡隆さんを好きだから。でも匡隆さんには、私を好きになる理由はないし……」

ふたりが顔を見合わせているのを感じながら、紅葉はこの際、胸の燻《くすぶ》りを打ち明けようと顔を上げた。

「でも、それもしかたがないことだと思うの。妻として扱ってくれるだけでも、ありがたいことだと思うし、私も彼にふさわしい妻になれるように頑張ってるつもりだけど――」

目の前にピザがひと切れ差し出され、紅葉はそれを口と手で受け取った。

「ありがたいとか、そういうふうに思うのは、あまりよくないんじゃないかな。政略結婚って言っても、紅葉が頼み込んで結婚してもらったわけじゃないんだから」

美登里に言われて、紅葉はピザを食べながら小さく頷き、ミモザのグラスに口をつけた。

「だいたいなんでそんなふうに思うわけ？　夫婦生活もちゃんとしてるんだよね？」

「沙耶、踏み込みすぎ」

カラスミのパスタを抱え込むようにして、フォークに巻きつけては口に運んでいた美登里が、口を挟む。

「肝心なことじゃない。ここまで聞いたら、確認しておかなきゃだよ。どうなの？」

「ごめんね、紅葉。でも、肝心っていうのはそのとおりだと思う」

「……してます……」

消え入りそうな声で答えた紅葉に、追及の手は緩まない。

「変なことされてないよね？　特異な趣向が好みだとか」

「深掘りするなあ」

「ああ、ごめん。じゃあ、これだけでいいや。紅葉は彼とのエッチが楽しくて嬉しい？　嫌だと思ったことはない？」

ノンアルコールカクテルなのに頬が熱くなるのを感じながら、紅葉はどうにか頷いて、おずおずと訊き返す。

「それでなにがわかるの？」

沙耶はちょっと笑みを浮かべながら、美登里からパスタの皿を引き寄せ、小皿に取り分けて紅葉に差し出した。

「直接触れ合うのは、思った以上にいろいろ伝わるものだと思う。紅葉が快感以外にそう思ってるのは、彼の想いが込められているからじゃない？　肉欲だけじゃなくて」

「えっ……でも……それは夫婦だから……」

今度は美登里がフォークを手渡してくれながら、紅葉の顔を覗き込む。

「でもね、本気じゃない相手とのエッチなんて、最初のうちは新鮮さもあるから熱心になるかもしれないけど、いつまでも続くものじゃないよ。慣れてくれば、おざなりになったりするのはありありで――」

「あら、美登里さん？　なんか真実味があるね」

「こっちにまで深掘りするな」

台詞《せりふ》とは裏腹に、ふたりは笑い合って肩を叩く。彼女たちの言葉から察するに、当然のことながら紅葉よりもずっと多くの経験をしているようだ。親友のつもりでいながら、今まで聞くことがなかったのは、紅葉がそんな話題にはまったくついていけないレベルだったからだろう。

いろいろあって、それを乗り越えてるんだな……すごい……。

「だからさ、そんなに気落ちする必要ないよ」

「そうそう。熱愛されてるかどうかは、実際に見てないから不明だけど、話を聞く分にはかなり気に入られてると思うな」

そう励まされるが、紅葉は同意できずに呟いた。

「匡隆さんはほんとに完璧なんだよ……こっちが勘違いしそうになるくらい」

「あらら……重症だねー。でも紅葉、勘違いじゃない可能性だってあるかもよ？　違うって思い込んでるほうが、逆に彼に失礼だし、自分だってつらいだけじゃないの」

「そのとおり。いっそ勘違いしたままで、気分よくしてればいいじゃない。真実かどうかは、この際置いておいて、伸びしろがあるって思うことだよ」

必死に励ましてくれるあまり、伸びしろなんて言葉が飛び出して、まるで成績に伸び悩んでいる学生のようだと、紅葉は思わず笑ってしまった。

「伸びしろって……」

「あれ？　変？　いいじゃない、恋の伸びしろ」

「私は夫婦の伸びしろ推し」

その後もさまざまなバリエーションを追加するふたりの声を聞きながら、紅葉はこれまでの生活を振り返っていた。いや、振り返るまでもなく、匡隆に対する気持ちが大きく強くなっている。彼に喜ばれたい、褒められたい、彼の笑顔が見たい、彼に触れられたい——自分だけの彼でいてほしい。

しかし一方で、どこまでそんなことを願っていいのかと、初めての恋に迷う紅葉は思ってしまう。

「紅葉？　ごめん、怒った？　ふざけてたわけじゃないんだよ。ちょっと場を明るくしたいなーって思って」

無言の紅葉に気づいて、沙耶は慌てたようにテーブルに身を乗り出した。華やかに彩られながらも温かい手が、紅葉に触れる。その感触に、学生時代はいつも、こうやって沙耶と美登里に慰められたり、勇気づけられたりしてきたことを思い出し、同じように気持ちが前を向く。

「……好きでいてもいいよね？」

紅葉がそう呟くと、沙耶と美登里は目を見開いた。

「ちょっと、紅葉！　なに言ってるの？　当たり前じゃない」

「そうだよ。旦那さんを好きになるのに、なんの問題があるっていうのよ？」

美登里が手を伸ばして、紅葉の肩を抱き寄せてくれた。長身の美登里にそうされると、学生時代は頼もしく思ったものだが、今は女性のたおやかな腕の優しいハグだと感じる。匡隆の抱擁《ほうよう》を知ったからだろうか。

「……あの人と結婚できてよかったって、すごく嬉しい。毎日そう思う。ずっとこのまま一緒にいたいけど……好きになればなるほど、匡隆さんはどうなんだろう、って……」

「好きな相手に同じ気持ちを持ってもらいたいのは、当たり前のことでしょ。気になるのも、全然おかしくないよ」

紅葉の肩をポンポンと叩いて離れながら、美登里が言う。

「匡隆さんの気持ちがどうかはともかく、紅葉は今、逃げるつもりはないんでしょ？」

「美登里、逃げるって……好きでい続けるってことだよね？　それでいつかは匡隆さんの愛を得ていると実感したい、と」

実際そのとおりだったけれど、紅葉は眉を寄せた。

「……すごく大それた野望なんじゃないかって、気になってる……私なんかを妻にしてくれただけでなく、心まで寄こせなんて――いただきます。あ、美味しい……」

紅葉がパスタを平らげるのを眺めながら、美登里が口を開く。

「私らが言っても信じるかどうかわからないけど、紅葉は男目線でもポイント高いと思うよ。見た目はもちろんだけど、性格も素直で可愛い。だから匡隆さんも、急な縁談に乗り気になったんじゃないの？」

「……ちょっと、まさかあれなの？　女の影があるとか？」

沙耶に切り込まれ、紅葉は目を泳がせた。言葉にされたことで、急にリアルな危機感を覚えたのだ。

「それは……わからない。でも、すごくモテる。匡隆さんを狙ってた人に、詰め寄られて罵倒されたし」

「うわあ、マジでそういうことする女がいるんだ」

美登里が呆《あき》れたように仰け反った。

「でも、匡隆さんははっきり関係を否定して、私もそれは嘘じゃないなって思ったんだけど――」

数日前から自宅の電話に、複数の女性の声で電話がかかってきていた。いずれもけんか腰で、『誰よ？　匡隆を出して』とか『いい気になるんじゃないよ！』などと怒鳴りつけるようにして、すぐ切れる。

性懲《しょうこ》りもなく柳原が誰かにかけさせているのではないかとまず思ったけれど、そうではなくまったくの別件だとしたら――。

「否定できない関係の女が、他にいるかも、って？　取り越し苦労じゃないの？　ていうか、政略結婚なら、まずそのへんを片付けると思うけど――痛っ……」

沙耶が呻《うめ》いたのは、テーブルの下で美登里に足を踏まれたかららしい。

「そんな電話、嫌がらせ以外のなにものでもないんだから、放っておきなよ。今の紅葉は少し気にしすぎ。だいたい恋の初心者が、速度上げすぎなんだって。恋の暴走」

「おお、また名言が出た。ん？　懐メロになかった？　まあ、いいや。とにかく私たちは、紅葉の応援団だから」

「ボトルも空《あ》いたことだし、よし、紅葉！　二次会行こう！　そこで頼りになる私たちが、恋の手管《てくだ》と駆け引きを教えてあげよう」

あっという間に意気投合して立ち上がる美登里と沙耶に、紅葉は手を引っ張られた。

「えっ、でも私、九時には終わるって言って来ちゃった」

地下のオステリアを出て、ビルの階段を上りながらそう言う紅葉の肩を、沙耶はバンバンと叩く。

「連絡入れとけばいいんじゃない？」

ビルのエントランスで立ち止まり、紅葉はスマートフォンを取り出してメッセージを送った。

【もう一軒誘われたのですが、いいですか？　早めに切り上げるつもりです】

送信するとすぐに返事があった。電子音に、沙耶と美登里が画面を覗き込む。

【解散時間を聞いていたから、迎えに来た。じゃあ、ご挨拶だけでもしておこうかな】

「ええっ⁉」

三人揃って声を上げ、思わずあたりを見回す。紅葉はすぐに、少し先の路肩の駐車スペースに停まっている車に気づいた。ガンメタリックのドイツ車のナンバーは、匡隆のものだ。

運転席のドアが開いて、スーツ姿の匡隆が降り立った。

紅葉の視線を追ったのか、両隣で息を呑む音がして、肩を掴まれた。

「ちょっと！　あれが一条匡隆氏？」

「超イケメンじゃないの！」

匡隆はゆっくりと近づきながら、片手を上げた。毎日見ている紅葉ですら、そのたびに見惚れるくらいなのだ。ふたりが驚くのも無理はない。

「だめだよ、安易に判定しちゃ」

「そうだよね。重要なのは中身だし」

沙耶と美登里が手を握り合ってそう囁き合う間に、匡隆は目の前に立って微笑みかけた。

「初めまして、一条です。今日は紅葉がお世話になりまして」

ふたりを紹介すると、匡隆はにこやかに頷きながら、自分の上着を脱いで紅葉の肩を覆った。

「少し涼しくなってきたから。今朝もくしゃみを連発してただろう。ちょうどいい、待ってる間に買い物をしたんだ、ストール。今、持ってくる」

匡隆が車に引き返す間、沙耶が紅葉の肩を指先で突く。

「すかさずこれを羽織らせてたよね。なんですか、あれは。紅葉以外目に入ってないでしょ」

「挨拶してる間も、紅葉しか見てなかったからねー。次に会っても、きっと私たちの顔憶えてないよ。あ、ほら、見て！　ストールを出したショッパー」

ハイブランドの鮮やかなオレンジ色の紙袋が、遠目にも目を引く。匡隆は淡いベージュのストールを軽く広げて、こちらへ歩き出した。

「紅葉――」

美登里の手が、紅葉の頭をポンポンと叩く。

「私には、とてもうまくいってる新婚夫婦にしか見えないんだけど？」

「同感。新妻を溺愛中だよね。紅葉はよけいな心配しないで、思いきり甘えればいいよ」

そう……？　それでいいのかな……？

戻ってきた匡隆は自分の上着とストールを交換すると、改めて紅葉の装いに目を細めて頷いた。

「うん、これでいい。おふたりとも、お待たせしてしまって、申しわけない。どうぞよろしくお願いします」

「あー、それなんですけど、やっぱり今日はこれでお開きにしようかってことで」

沙耶の言葉に、紅葉は思わず彼女を振り返った。その頭を美登里に前に戻され、背中を押される。

「お迎えに来てもらったら、紅葉も帰りたくなっちゃったみたいで……いえ、私たちが無理に誘っただけなんで」

「というわけで、ここで失礼しまーす」

紅葉だけでなく匡隆にまで口を挟む間を与えず、沙耶と美登里は速足で雑踏の中に消えていった。

「……快活なお嬢さん方だな」

「はい……いつも面倒を見てくれて、頼りになるふたりです」

紅葉は急に取り残された心細さを感じていた。ふたりは匡隆の態度から、紅葉を愛していると思ったのかもしれないけれど、彼はいつもこんな感じなのだ。紅葉自身まで、もしかしたら自分は彼に愛されているのではないかと思ってしまうくらいに。

「ここにいてもしかたないから、帰ろうか。それとも、どこか寄りたいところがある？」

どこまでも優しくて、完璧な夫で……でも、私じゃなくてもそうなのかな……。

紅葉は思わず匡隆を見上げた。心の問いに気づくはずもなく、匡隆は「ん？」とわずかに首を傾げて、顔を近づけた。それを避けるように、紅葉は俯く。

「……帰ります」

「うん。この時間なら、帰ってもゆっくりできる」

車が走り出してから、紅葉はふと気づいた。今日は遅くなると、言っていたのではなかったか。だから紅葉も、気兼ねせずに外出できたのだ。

それなのに、迎えに来てくれた？　仕事が早く終わったのかな？

しかも、買い物をする時間まであったようだ。そんなに予定が大きく変わることがあるのだろうか。会社勤めの経験がない紅葉には、わからないことだけれど。

もしかしたら、はじめから遅くなる予定ではなかったのかもしれない。紅葉が気をつかわずに済むように、そう言ってくれたとも考えられる。

でも、もしかしたら……誰かと会ってた？

そんなことを思ってしまったのは、先ほどの女子会でつい話題にしてしまった電話の件が、頭に残っていたからだろうか。沙耶と美登里には一蹴《いっしゅう》されたけれど、どうしても引っかかってしまう。

恋の悩みは自分と匡隆の一対一で、互いの感情――紅葉はすでに匡隆に恋しているのだから、匡隆の心が紅葉に向くかどうかが焦点だった。しかし自分たちは、ふたりだけの世界に住んでいるのではなく、老若男女さまざまな人と関わり合って生きている。その中の誰かが匡隆にアプローチしても不思議はなく、匡隆がその相手に惹かれる可能性だってある。

実際に柳原の件があり、しかし匡隆にまったくその気がなかったことで、紅葉にとってはちょっとした災難で終わってしまったけれど、違うパターンが起きないという確証はない。

それなりに恋愛経験のある沙耶と美登里も、匡隆を魅力ある男性だと認めていたくらいだから、彼に注目する女性はきっと多い。

伸びしろを期待して、暢気《のんき》に構えてる場合じゃないんじゃゃ……ううん、全然暢気になんかしてないけど。

紅葉はストールを胸元で握りしめた。

このストールを買ったときも、隣に誰かがいて、匡隆はなにかを買ってあげたかもしれない。今日はひとりだったとしても、紅葉のために買ったものではなかったかもしれない。想像はどんどん悪いほうへ広がっていく。

……うわー……だめだ。妄想で落ち込んでく……。

いつかは匡隆に本当に好きになってもらえるように、妻として尽くし、少しでも彼の好みに合わせようと思っていたはずなのに、こんなに動揺して挫《くじ》けそうになっているのは、この恋にはライバルが出現するかもしれないと気づいたからだ。恋愛初心者の紅葉には、まったくの盲点だったというか、そんな可能性に考えが及ばなかった。

こんなに動揺しているのは、紅葉が女としての自分に自信がないから。匡隆がどんなに優しく接してくれていても、それは妻としての紅葉への対応だから。色気のあるゴージャスな美人が匡隆に言い寄ったりしたら、紅葉個人はとても太刀打ちできそうにない。匡隆の視線を自分に留め置けると思えない。

じゃあ、諦《あきら》める……？　匡隆さんが誰かを好きになっても、政略結婚だからしかたないよねー、家庭外恋愛もアリだよねー、って？

すぐに、そんなのは嫌だ、と思ったけれど、紅葉はそう主張できる立場なのだろうか。それこそ政略結婚の妻なのに。

匡隆は夫として、紅葉にも対外的にも完璧に振る舞っている。この結婚においては、それで充分のはずだ。紅葉が匡隆に恋をしてしまったのが予定外だっただけで。

それに紅葉が浮気禁止を掲げたところで、なにごとにもそつがない匡隆のことだ、しようと思えば完璧に秘匿《ひとく》するだろう。

……嫌だ！

またしてもマイナス思考で想像力を働かせてしまい、カシミアとシルクの薄いストールが、引っ張られて悲鳴を上げた。危ない、せっかくのプレゼントを破壊してしまうところだった。

しかし我に返った紅葉は、自分の本心を確認する。いろんな意味で恋心はひたすら膨張中らしく、独占欲なんてものまで芽生えてしまったようだ。

こんなに好きになってしまうなんて……。

そっと窺うように見つめたのに、匡隆は気づいて優しい眼差しを返してきた。はっきりと疼《うず》いた心まで気取《けど》られないように、紅葉は視線を逸《そ》らした。

「だいじょうぶか？　やっぱり風邪気味なんじゃないか？　ゆっくり風呂に浸《つ》かって休んだほうがいい」

気づくとマンションの地下駐車場で、車はぴったりとスペースに駐車していた。

紅葉は匡隆を見て、すぐに視線を落とす。迷った末に、やはりちゃんと話をしようと決めた。このまま胸に抱えていても、きっと態度に出てしまう。理由もわからずに紅葉が不満げにしていたら、匡隆だって気分がよくないだろう。

顔を上げると、匡隆は問いかけるように、わずかに首を傾けた。

「あの……今日は予定があるから遅くなるって言ってましたよね？　それなのに、どうしてあそこで待ってたんですか？　買い物までして」

「えっ、それは……」

匡隆が驚きながら言い淀《よど》んだので、紅葉は慌てて言葉を続けた。

「迎えに来てくれたのが、嫌だったわけじゃありません。ちょっとびっくりしただけで……でも……」

「まいったな……きみが嫌がるかと思って、黙ってるつもりだったのに」

匡隆らしくもなく困っているような様子に、一気に不安が押し寄せた。

私が嫌がるって、どういうこと……？　まさか想像が当たってたの？　そんなの……嫌がるに決まってるじゃない！

絶句する紅葉の前で、匡隆は気まずそうに口元を手で覆い、視線をさまよわせた。

「はじめは、きみが気にしないように、自分も遅くなるって言ったんだよ。でも、仕事中ずっと考えてて、女子グループに声をかけてくる男もいるんじゃないかとか、それがたまたまガラの悪い連中だったらどうしようとか、心配になってきて――」

……え？

「店内はともかく、店を出たときになにかあったらと思って、出入り口が見える場所で様子を窺ってたんだ。監視されてるようで不快だろうから、言いたくなかったんだけど……」

匡隆がちらりと目を向けたが、紅葉はそれどころではなかった。もしもの事態を心配して、迎えに来てくれたというのか。

それって……理想の夫の行動の範疇《はんちゅう》なの？　なんだか、匡隆さん自身の気持ちが多分に含まれているような気が……それも、私に対する――。

もしかしたら、匡隆は紅葉に心を動かしてくれ始めているのだろうかと、期待してしまう。

「二次会に行くって連絡が入って、きみたちの姿が見えたから、一応彼女たちを確かめておきたかったんだ。数時間と言えども、きみを託すんだから信用に足るのかどうか。しっかりしたお嬢さんたちに見えた。それでも本心では、できれば次の店まで送っていきたいくらいだったし――いや、本音を言えば、なにかしら理由をつけて連れ帰りたかった」

まるで紅葉が熱愛されているような匡隆の語りに、胸が高鳴りかけた紅葉だったが、こんな激しさを見せられたことがなくて違和感がときめきにブレーキをかけた。

もちろん匡隆は結婚前から、紅葉が夢見心地になるほどのエスコートをしてくれて、その優しさと気づかいの細《こま》やかさに、たびたび感動したものだ。今も妻として大切にしてくれている。

……いつもの匡隆さんらしくない……もしかして、私に隠しておきたいことがある……？

気づけば目に映る匡隆の姿がぼやけて、手を強く握られた。

「紅葉……！　ごめん、やっぱり鬱陶《うっとう》しかったよな。せっかく友だちと羽を伸ばしてたのに、つきまとわれてたなんて。でも、俺は――」

紅葉はそっと匡隆の手を押し返した。

「紅葉……？」

「詮索して申しわけありませんでした……」

「ちょっと待って。この会話はおかしくないか？」

匡隆はシートの上で紅葉に身体を向けた。フロントガラス越しに差し込む明かりで、顔半分が影になっているが、真剣な表情は見て取れた。

「予定と違う行動をした俺にきみが問うのは、考えてみれば当然だ。俺の答えがきみにとって不快だった可能性も充分ある。だからこそ言い出しにくかったわけだし。でも、きみが訊くのはおかしなことじゃないだろう？　なんで謝るんだ」

「……家同士で決めた結婚ですから……妻としてちゃんと扱ってくれているのに、匡隆さんに窮屈な思いをさせてしまってはいけないと……」

紅葉の言い分が不可解だというように、匡隆はますます深く眉間にしわを寄せて、食い入るように見つめてきた。やがて、はっとしたように目を眇《すが》める。

「……きみを待つ前に、俺が他のことをしていたと？　女と会ってたんだろう、とか？　……心外だな。そういうふうに思ってたのか」

匡隆は一度大きく息をつくと、もう一度紅葉の手を握った。思わず手を引きかけたが、逃げるなんて許さないというように、しっかりと掴まれる。

「結婚した以上、相手に誠意を持つのが当然だと、俺は考えてる。それに、そんな義務感なんてなしに、毎日帰ってきてる。窮屈だなんて、感じたことはない。むしろ早く帰りたいと、いつも思う」

ああ、まただ――と胸が疼いた。匡隆の言葉は、こんなふうに紅葉を嬉しがらせ、同時に本心はどうなのかと不安がらせる。

そんな心情が顔に出ていたのか、匡隆は顔を曇らせた。

「信じられないか？」

「それは……」

「それとも、そんなことを言うのは……きみが俺との生活に飽きたのか？」

「違います！」

飽きるなんてあるはずがない。これからもずっと、匡隆と一緒にいたいと願っている。

……こんなに、好きなのに――。

そのとき、紅葉ははっとした。好きなら、なぜ匡隆を信じないのだろう。紅葉が好きになった匡隆は、優しくて頼り甲斐《がい》があり、なによりも紅葉に誠実に向き合ってくれている人だ。

たとえそれが決められた結婚で妻となったからだとしても、紅葉のことを考えて思いやってくれていることに変わりはない。

自分が彼に恋をしているからと言って、同じ気持ちが返ってこないからと言って、理由を他に探すような考え方は間違っている。

好きなら、まず匡隆を信じることだ。それもできずに好きだなんて言う資格はないし、ましてや彼の愛を得られるなんて思ってはいけない。

紅葉がすべきなのは、真偽も不明な想像に気持ちを乱すことではない。

「……妻失格です……私……」

そう口にしたとたん、紅葉は肩を痛いほどきつく掴まれた。間近に匡隆の顔がある。

「なにを言うかと思えば……だからなんだ？　別れたいとでも言うつもりか？　ふざけるな。今さら離婚なんてしない。絶対に」

匡隆の双眸は薄明かりの中でもギラギラとしていて、こんな顔は初めて見る。いつも穏やかな彼を怒らせてしまったことに、紅葉は焦り慄《おのの》いた。

妻失格という言葉は、匡隆を信じられずにいた己への戒《いまし》めで、離婚を意図してのことではなかった。むしろ今後は彼を信じようという心づもりだったが、そんな言いわけめいたことを言う余裕もないくらい、紅葉は匡隆の剣幕に委縮してしまった。

一条家の跡取りが、式披露宴もしないうちに離婚なんて、詮索しか呼ばないスキャンダルだ。あることないこと噂されるだろうし、話題が祥見にまで及んで、汚職の件まで掘り返されるかもしれない。

両家を繋ぐどころか、紅葉は災《わざわ》いをもたらすことになってしまう。匡隆を含めて一条家がそんなことを許すはずがないし、紅葉だって望んでいない。

「……ごめんなさい。取り消します……」

そう言うのが精いっぱいだった。失言で匡隆に愛想を尽かされてしまうかもしれないと思うと、不安でたまらなくなる。初めての恋は想いばかりが大きくなって、うまく行動できないことばかりだ。

俯く紅葉の頭を、大きな手が撫でた。

「わかった。聞かなかったことにする」

その後で聞こえたため息が、紅葉の後悔を深くしていった。

◇

妻失格という紅葉の衝撃の言葉から数日、以前と変わらない日常が繰り返されている。

いや、変わらないはずがない。一度出てしまった言葉は取り消せないし、聞かなかったことにもできない。それでも匡隆は自分で言ったとおりに、なにも聞いていないように振る舞った。紅葉もそう努めようとしているようだが、どこかぎこちない。ことに匡隆が名前を呼んだときや、近くでふいに動いたりしたときに、脅えたように身を強張《こわば》らせるのがわかる。

匡隆はため息を洩らしながら車に乗り込んで、エンジンボタンを押した。

今しがたも紅葉は玄関ホールまで見送ってくれて、習慣となった額のキスも受けてくれたが、笑顔を作りながらも目には翳《かげ》りが見て取れた。

怖がらせてしまったんだな……。

穏やかで優しい夫をずっと演じてきたのに。いや、紅葉といると、本心からそう接したくて、自然に振る舞っていた。もちろんときには冗談を言って軽く揶揄ったりしたことも、激情のままに彼女を貪《むさぼ》ったこともある。けれど、紅葉に好かれたい、彼女の愛を得たい、愛《いと》しくてたまらないという気持ちが、行動の原動力だった。

紅葉を脅えさせるなんて、もっとも優先度の高い禁止事項のひとつだったのに、どうしてこうなってしまったのか。

ギアをドライブに入れたまま、いつまでも動き出さない匡隆に、車が催促のアラームを響かせた。匡隆は仏頂面のままアクセルを踏む。

結婚を撤回したいと言っているような紅葉の言葉が、それくらい衝撃だったのだ。ようやく手に入れたのに、まさか当の本人が、匡隆から逃げ出したいようなことを言うから。

しかし、あの場で激高《げっこう》してしまうのは、絶対に避けるべきだった。それがわかっていたから極力こらえたが、元来の己は黙っているような質ではない。

なにより紅葉があのまま離れていってしまうような恐れを感じて、絶対に逃がさないと掴みかかってしまった。

よほど匡隆が恐ろしかったのか、紅葉は引きつった表情を見せながらも、前言撤回した。

……全部台無しだ……。

兄の後釜に座って紅葉と結婚することは、願ってもないチャンスと気持ちが逸《はや》ると同時に、己のプライドを握りつぶすことでもあった。まずは紅葉の心を掴むことを、匡隆は当然のこととして肝要と考えていたからだ。恋愛対象の異性として紅葉が匡隆に目を向けてくれさえすれば、絶対に射止めてみせると思ってもいた。

プライドよりも結婚することを取ったのは、この機会をみすみす見逃すほどの心の余裕が、もう匡隆にはなかったせいだ。紅葉に恋い焦がれていた。

政略結婚だろうとなんだろうと夫婦になって、そこから心も結ばれる関係を築いていけばいいのだと自分を納得させ、実際に紅葉の関心を得るべく日々を重ねてきた。紅葉の態度が少しずつ柔《やわ》らかく、気安くなってくるのが感じられて、距離も縮まってきていると思っていた。

匡隆を夫として認めてくれて、いつかはひとりの男としても愛してくれると期待していたのに――。

このまま紅葉に距離を置かれてしまうのではないだろうかという、不安と焦りが消えない。

そんな心情は、仕事にも表れた。部下が差し出した販売計画書を一瞥《いちべつ》して、思わず声を荒らげてしまう。

「だめだろ、こんなんじゃ。何年営業やってるんだ」

匡隆の言葉に、部下は顔色を変えて頭を下げ、おずおずと口を開く。

「申しわけありません。あの、……どのへんが……」

やってしまったと、匡隆は小さく舌打ちをした。

こいつにはきつい指導は逆効果だって、わかってたじゃないか。

その舌打ちまで自分に向けられたものだと思ったらしく、部下はますます委縮した。

「……悪かった。ちょっとイライラしてて……他人に当たるなんて最低だよな」

「いえ、あの……私こそすみません……」

その様子を見ていたのか、タイミングを見計らって部下の上長が声をかけてきた。

「沢木《さわき》、こっち来い。俺が見るから」

部下はそれに対して返事をしながらも、どうしたものかともたもたしていたが、

「行ってくれ。怒鳴ってすまなかった」

匡隆が繰り返すと、一礼して踵を返した。

似たようなことが何度かあって、部署内では、きっと跡継ぎとして気を張っているんだろう、と噂されていると、会社近くの定食屋で昼食を共にした他部署の同期が教えてくれた。

「まあ、比較的好意的な見方をしてくれてるよ。俺に言わせりゃ、おまえがプレッシャーなんかを感じるタマかって話だけど」

入社当初から気が合って、唯一社外でつるむこともある後藤《ごとう》は、そう言いながら天丼を掻き込む。まるで食べ盛りの十代の食いっぷりだ。

「今までどこを見てきたんだよ。繊細なの、俺は」

匡隆は後藤をじろりと睨んで、味噌汁を啜《すす》った。美味くない。昨夜、紅葉が用意してくれたキャ

ベッと落とし卵の味噌汁のほうが、百倍美味かった。

あれを食えなくなるかもしれないなんて……いや、食事だけのことじゃないけど。というか、食事なんて些末《さまつ》なことだけど。

匡隆が途中で箸《はし》を置いたのを見て、後藤は肩を竦めた。

「でも、仕事のせいじゃないよな？　となれば、あれだ。嫁！　そうだろ？」

どうしてこう察しがいいのだろうと眉を寄せる匡隆に、後藤はにんまりする。

「百戦錬磨の遊び人が、女房ひとりに振り回されてるとは傑作だ。あー、メシが美味い。大盛りにしとけばよかったな」

「人聞きの悪い、誰が遊び人だ。こっちから手を出したことなんかないぞ」

「はいはい、女子から言い寄ってくるんだよな。で、リクエストにお応えして美味しくいただく、と」

「勝手に言ってろ」

あまり言い返すと藪蛇《やぶへび》なので、匡隆はそっぽを向いて、ワイシャツのポケットから錠剤のシートを取り出した。水と一緒に、一気に流し込む。

「なんだよ、マジで調子悪いのか？」

真顔になった後藤に、匡隆は軽く手を振った。

「胃薬だよ。なんかすっきりしなくて」

「気をつけろよ、新婚なんだから。子どもも残さないで万が一なんてことになったら、一条製薬はどうなるんだよ？」

「勝手に殺すな。ブライダルチェックをやったばかりで、健康には問題ない。原因はわかってるんだ」

「聞いてやらないこともないけど、どうせおまえは話さないんだろ。まあ、お大事に」

後藤はそう言うと、自分の代金をテーブルに置いて立ち上がった。

ガタイのいい後ろ姿が店を出ていくのを、匡隆はぼんやりと見送った。たかだか五年余りのつきあいなのに、匡隆の気性を見抜かれている。部署でも切れ者として頭角を現しているようだし、将来が期待できる人材だ。

そんなことを思って、匡隆は肘をついて額を押さえた。

それに引き換え、俺は……。

今は仕事どころか、紅葉のことしか考えられない。こんな調子なのが父の耳に入ったら、後継者の話も再考になるかもしれない。父は身内の情よりも、会社を優先するタイプだ。だからこそ、祥晃を切り捨てる決断をした。

先の采配をしている場合ではなく、匡隆自身が飛ばされるかもしれないのだ。そんなことになったら、紅葉はますます遠ざかってしまう。

だめだ、そんなの……！

自分の人生に紅葉は不可欠だ。無理だと知りながらも思いきれず、悶々《もんもん》と過ごした日々。それが土壇場で覆《くつがえ》り、紅葉は匡隆の腕に落ちてきた。手放せるわけがない。

しかし、どうしたら彼女の心を引き寄せられるのだろう。思い悩むそばから、胃がきりきりと痛んだ。

「うちの薬、効かねえな……」


どうにかその週を乗り切ったものの、金曜日に帰宅すると、熱があった。

玄関に迎え出た紅葉は、すぐに匡隆の体調に気づいたようだ。

「だいじょうぶですか？　なんだか調子が悪そう……」

「たいしたことないよ。ちょっと熱が――」

紅葉の手が額に触れ、そのひんやりとした心地よさに、匡隆は思わず目を閉じた。

「そんなに高くはないみたいですけど、とにかくベッドへ行きましょう。ひとりで歩けますか？」

紅葉が自分のことだけを考えて、自分のためだけに動こうとしてくれている――それがたまらなく嬉しくて、つい笑みが浮かんだ。

「運転してきたんだから、だいじょうぶだよ」

「お願いですから、寝室へ行ってください。私も準備してすぐ行きますから」

リビングにある室内階段下で見送られ、匡隆が上り始めるのを確かめると、紅葉はスリッパを鳴らしてキッチンへ向かった。

熱まで出すとは、我ながら情けない。神経は図太いほうだと思っていたのに、紅葉は匡隆にとって唯一のウィークポイントのようだ。

そうだよ……紅葉さえいれば、他はなにもいらないくらいなんだから……。

寝室に入った匡隆は、ワイシャツとスラックスを脱ぎ捨て、ベッドに倒れ込んだ。思っていたよりもダメージを負っているらしく、横になったとたんに目が回った。明かりが眩《まぶ》しくて、しかしスイッチに手を伸ばすのも億劫《おっくう》で、瞼《まぶた》を手の甲で覆う。

軽い足音が近づいてきて、紅葉の声がした。

「だめですよ、そんな格好で」

紅葉は抱えていたものをテーブルに置くと、ベッドに駆けつけてパジャマを広げた。

「ちゃんと着替えてください。気持ち悪いかもしれないけれど一度休んで、熱が下がるようなら後で身体を拭きます。さ、どうぞ――」

抱き起こされ、言われるままに袖を通す。紅葉からは、ほんのりと花の香りがした。

「……悪いな、汗臭いだろう」

「気になりません、そんなこと」

いつもなら匡隆が服を脱ぎかけただけで狼狽える紅葉が、パジャマのズボンを穿《は》くのもてきぱきと手伝ってくれた。病人だと思っているのを差し引いても、こんなにしっかりした面があるのだと、今さら知った。

「はい、いいですよ。じゃあ、横になって、熱を測ってください」

差し出された体温計を受け取ると、紅葉は踵を返した。少し寂しく思いながらも、ここまで世話を焼いてくれたのだから充分だと思おうとする。

あの言葉は撤回するって言ってたけど、本音は違うんだろうしな……。

ため息を呑み込んで目を閉じた匡隆の頭に、紅葉の手が触れるのを感じ、はっと見上げる。

「ごめんなさい、ちょっと頭を上げてくれますか？　氷枕です」

頭の下で柔らかく揺れる感触は、冷凍庫に入れておくあれではなく、昔ながらのゴム引きのもののようだ。

「保冷枕でよかったのに……冷たかっただろう」

「こっちのほうが、当たりがソフトですから。調整もきくし」

小さな電子音が鳴って、紅葉が手を差し出したので、匡隆は体温計を手渡した。

「三十七度九分……これからまだ上がるのかな……病院に行きますか？」

心配そうに眉を寄せる紅葉に、匡隆はできるだけ安心させようと笑みを浮かべた。

「いや、休めばだいじょうぶだ。早めに対処すればよかったんだけど、出勤しないわけにはいかなかったから」

「他に具合の悪いところがあるんですか？　それより、前から調子がよくなかったんですか？」

「たいしたことないよ。胃痛が少し……薬を飲んでたんだけど、あまり効かなくて。うちの製品なのにな」

笑わせるつもりでそう言ったのに、紅葉は慌てた。

「昨日はムニエルとラタトゥイユだったじゃないですか！　どうしよう、あんなこってりしたものを……残してくれればよかったのに。ていうか、言ってくれれば、他のものを用意したのに」

「美味かったたよ。だから残さなかったじゃないか」

匡隆の言葉に、紅葉はわずかに口をへの字にする。子どものころの面影が重なって、匡隆は思わず紅葉の頬に手を伸ばした。一瞬、避けられるかと思ったが、紅葉はそのままだった。

「きみが作ったものを残すなんて、考えられない」

「……後でお粥を作りますから、しっかり食べてください」

紅葉は匡隆の手をそっと握ると、ブランケットの中に戻した。

「なにかあったら呼んでください」

寝室のドアが閉まる音を聞きながら、ここ数日でいちばん会話が続いたなと思った。それが発熱のせいなら、これだけは体調不良に感謝しなければならない。

しかし、根本的にはなにも変わっていないのだ。匡隆の体調が回復したら、またぎくしゃくとした毎日に戻ってしまうかもしれない。いや、それで済まなかったら――。

「うっ……くそ……」

また胃が痛み、さらに頭痛まで襲ってきて、匡隆は誰に向けるでもなく罵《ののし》りの言葉を洩らした。いや、自分に向けての罵倒かもしれない。

それでも横になれたからか、いつしか眠りに落ちていた。目を覚ましたのは、紅葉の手を額に感じたからだ。目を開けた匡隆に、紅葉は慌てたように手を引っ込める。

「あ、ごめんなさい、起こしちゃいましたか？　熱、少し下がったような気がするんですけど……具合はどうですか？」

「うん、さっきより楽になったみたいだ」

体温計を差し出されたので従うと、実際に少し下がっていたようで、紅葉は安堵の表情を見せた。

「でも、油断は禁物ですよ。土日は寝ていてください」

「いや、そんなに大げさにしなくても――」

すかさず紅葉が首を振ったので、匡隆はおとなしく引き下がることにした。

「でも、明日は一緒に真室の家へ行く予定だっただろう」

「それならもう連絡しました」

「……そうか。一緒に行けなくて申しわけないと、よろしく言っておいてくれ」

紅葉をひとりで行かせたら、そのまま帰ってこないのではないかという不安が、胸に広がる。

しかし引き止めたりしたら、ますます彼女の気持ちが遠のいてしまうかもしれないというジレンマに陥《おちい》りそうになっていると、紅葉が妙な顔で見下ろしていた。

「……ん？」

「なにを言ってるんですか。私もここにいます。病人を置いていけません」

「えっ……でも、楽しみにしてたんじゃないのか？」

なんのかんのと入籍以来、紅葉は一度も里帰りしていない。松濤の一条家には、何度も足を運んでいるにもかかわらず。

「実家にはいつでも行けます。そんなことを気にしないで、匡隆さんはゆっくり休んでください」

体調まで崩しているせいか、紅葉の思いやりある言葉が身に染みた。そして、やはりどうしても自分には紅葉が必要だと再認識する。彼女がいない人生なんて、もう考えられない。想像したくもない。

「……ありがとう。甘えることにする」

大きく頷いた紅葉は、思い出したように手を叩いた。

「どうします？　身体、拭きましょうか？　それとも、なにか食べられそうですか？　シラスと卵のお粥ならありますけど」

それを聞いたとたん、匡隆の腹が鳴った。昼食を抜いているから、胃は空っぽだ。無理もないことと言えるが、紅葉の耳にも届いてしまったに違いなく、気まずい。

しかし紅葉は小さく微笑んだ。

「先に食べますか？」

「あ、ああ。今、行く――」

起き上がりかけた匡隆を、紅葉の両手が押し戻した。

「だめです。起きたら、いろいろと動き回りたくなるに決まってますから。運びますから、待っていてください」

薄味のお粥には、真室家の庭で採れたものを使った自家製の梅干しが添えられていて、匡隆は用意されていた二杯分を平らげてしまった。ペットボトルのお茶やアイスコーヒーで痛みを紛らわせていた胃が、芯から温められた気がする。

「それから……よければこれを……」

紅葉がグラスの水と一緒に差し出したのは、薬包紙に包まれた粉薬だった。

「昔の文書で残されていた胃痛止めの薬なんですけど、自家用に手作りしていて――あ、怪しい材料は使っていませんし、私は効くんです。まあ、胃痛もあまり起こさないんですけど……あの、嫌じゃなければ……」

匡隆は薬を受け取って、その場で飲んだ。紅葉に気づかわれて、辞退なんてできるはずがない。毒だって飲んでしまったかもしれない。

「製薬会社にお勤めなのに、失礼かなって思ったんですけど……」

「それを言うなら、きみの家はうちの御典医じゃないか。ありがとう、効いてきた気がする」

「早すぎますよ」

その後、紅葉はシャワールームで熱いタオルを用意して、匡隆の身体を拭いてくれた。さすがに全部任せてしまうのもどうかと思ったので、背中だけを頼んだ。

「じゃあ、ゆっくり休んでくださいね」

ひととおりの看護が完了してしまい、紅葉はそう言い残してベッドを離れようとした。手を掴んで引き止めたい衝動に駆られたが、紅葉を困らせるのは目に見えていた。

今夜は他の部屋で眠るのだろう。ベッドこそないけれど、もしもの来客に備えて、布団は一組だけ用意してある。

名残惜しい気持ちを呑み込んで、匡隆は声をかけた。

「おやすみ」


喉の渇きを覚えて、ふと目が覚めた。枕元に置いたスマートフォンを手にすると、時刻は深夜零時を回っていた。眠っていたのは三時間ほどだが、かなり気分がすっきりしていた。おそらく熱も下がったのだろう。

紅葉がサイドテーブルに置いていったペットボトルを取ろうとして、布団の下のほうが重いことに気づき、目を向ける。

……紅葉……。

ベッドの端に上体を預けるようにして眠っている紅葉の姿があった。あれから風呂にも入らなかったのか、エプロンも着けたままだ。

匡隆の胸がせつなく痛む。ぎくしゃくした状況でも、妻としての務めを果たそうとする紅葉の健気さが、愛しくてたまらない。

思いやり深かったり、責任感が強かったりと、彼女本来の性格もあるのだろうが、少なくとも看病しようと思うくらいには、紅葉に嫌われていないのだと思いたい。

……いや、なにを弱気になってるんだ。

ここで引いても、紅葉の動きを見守っていても、匡隆が望むような結果にはきっとならない。

どうしても彼女を諦められなくて、行動を起こしたことで、思いがけないほどの結果が出たのではなかったか。望むなら自ら動く——それが自分の信条だったはずだ。

紅葉の心が自分に向くのを待っているなんて、端から柄じゃなかったのだ。

紅葉しか愛せず、離したくないなら、その気持ちをはっきり伝えなければ。

5

「まあ、よく来てくださいました！　狭いところですけど、どうぞ」

母は真っ先に匡隆《まさたか》に声をかけ、歓迎の意を顔いっぱいに表したが、その頬に細い切り傷ができていた。

「どうしたの、お母さん、その顔！」

挨拶《あいさつ》を飛ばして驚く紅葉《くれは》に、母は匡隆から顔を背《そむ》けるようにして、頬に手を当てた。

「あらやだ、わかる？　薬草園の手入れをしてたんだけど、チガヤが擦れちゃって」

そう言われれば、泥除けのエプロンとアームカバーこそ外しているが、いつも薬草園で作業するときの服装だ。

「お母さんたら……着く時間も言っておいたのに。薬はつけたの？」

「つい夢中になっちゃったのよ。だいじょうぶ、いつものことだから。顔も洗ったわよ」

リビングに行くと、父と兄がいた。

「お休みのところを、遠くまで申しわけないですな」

「ご無沙汰しております」

匡隆が選んで持参したのは、父が愛飲する銘柄の日本酒と、肴《さかな》にも使えるおかず味噌と糀《こうじ》ディップの詰め合わせだった。

「あ、これ有名な老舗味噌屋のやつだ。数量限定で、なかなか手に入らないって」

目敏くチェックした兄の言葉に、父は相好《そうごう》を崩した。

「おお、それはそれは。今夜は早く帰って、さっそく晩酌だな」

「えっ、出かけるの？　まさか仕事？」

紅葉が問うと、父はすまなそうに頭を下げた。

「土日は実験を見る人手が足りなくてな。若手は休みたいだろうし」

「いいえ、そういうことでしたら、どうぞおかまいなく」

匡隆は如才なく応《こた》えるが、紅葉は内心戸惑《とまど》っていた。

自分に自信がないあまりに自爆して、取り返しがつかない失言をしてから、匡隆の看病を経て、表面上は以前と同じような生活を送っているが、匡隆とふたりきりでいるのは、なんとなく緊張するのだ。

匡隆が紅葉に対して冷ややかだったり、攻撃的だったりするわけではない。聞かなかったことにするという言葉どおりに、蒸し返すこともない。むしろ、これまで以上に優しく気づかわれている。

ただ、ふとした瞬間に、ひどく険しい眼差しをしていたり、思い詰めたような表情に見えたりすることがあって、やはりそれは紅葉の不用意な言葉のせいだろうと思う。なかったことにはできないから、謝罪の意味も含めて、紅葉は今まで以上に匡隆に尽くしているつもりだ。そんな紅葉の態度に、意外にも傷ついたような顔をすることもある。

やっぱりだめなのかな……。

そんな匡隆を見るたびに、心が折れそうになる。しかし元はと言えば己の失言が招いたことなのだから、今後の紅葉を見て考え直してもらうほかない。

「そういえば、もうお加減はよろしいの？」

母の問いに、匡隆は苦笑して頷《うなず》いた。

「はい、もうすっかり。自己管理がなっていなかったと反省しています」

「それはこいつの役目なんじゃないの？」

口を挟んできた兄に、父も同意する。

「そうだぞ、紅葉。匡隆さんが仕事に専念できる環境を整えてあげないと」

「いいえ、紅葉さんはとてもよくやってくれてます。あ、あの胃薬、効きましたよ。生薬はやはり歴史があるだけのことはありますね」

自家薬を匡隆が服用したことは、母に伝えてあった。しかし精製した兄は初耳だったようで、驚いていた。

「えっ、あんなのを？　なにやってんだよ、おまえ。もしものことがあったら、どうするんだ。しかも製薬会社の人間に」

「いやいや、製品化する価値があるんじゃないかと」

「ってことは、あれかしら？　薬が効いたなら、やっぱり一条《いちじょう》のご先祖さまと体質が似てらっしゃるのねえ」

「なにを言ってるんだ、図々しい。ご先祖が発案した薬だろうが」

「マジですか？　やったー、特許だ」

小一時間ほどお茶を飲みながら談笑して、父と兄は慌《あわ》ただしく出勤していった。

「ごめんなさいねえ、わざわざ来ていただいたのに。なんのおかまいもできないけれど、夕食を一緒にどうかしら？」

母の言葉に頷きかけた紅葉だったが、匡隆は首を振った。

「いえ、せっかくですが、また改めてお邪魔させていただきます。お義母さんはワインのほうがお好きでしたよね？　合いそうなつまみと一緒にお持ちします」

「あらあら、そんな」

そう答えながらも、母はご機嫌で紅葉と匡隆を見送ってくれた。

車に乗り込んだ紅葉は、鬱陶《うっとう》しがられない程度の笑顔を作って、匡隆に声をかける。

「まだ時間も早いですけど、どうします？　近くで行きたいところとかありますか？　それとも帰ってゆっくりします？　病み上がりですものね。明日もお仕事関係の予定はないんですよね？」

土日にはつきあいのゴルフなどが入ることもあったが、今週はそれもないと聞いていた。

そういえば、今週は毎日早く帰ってきてたな……。

体調を崩したせいもあったのだろうか。しかし食事や飲酒に気をつければ、出歩けないことはなかっただろう。ふつうに出勤していたのだし。

――ちょっと待った、私！　また勝手な想像をしかけてない？　そういうのはもう、やめるって決めたんだから。

真偽も定かでない妄想に振り回されて、自分が疲弊するだけならともかく、匡隆にまで不快な思いをさせてしまうなんてだめだ。

それに、匡隆は何度も否定している。それを信じられないなら、妻でいることも彼を好きでいることも、やめてしまうほうがいい。

そう決めて、心を改めた生活を始めた。匡隆の信用を取り戻すには時間がかかりそうで、ときおり見せる表情からもそれは窺《うかが》え、道のりは果てしない。

しかし、ぎこちない日々を続けながらも、紅葉はますます匡隆に惹《ひ》かれていくのを感じていた。やはり自分は、匡隆を愛し続けたい――。

「こっちでいい？」

匡隆の声に、紅葉は我に返った。動き出した車は、帰路ではなく逆方向へ進んでいる。

「え……？　どこへ？」

戸惑う紅葉を、匡隆は横目でちらりと見た。

「薬草園。この先だったと記憶してるんだけど」

「あ……はい。それなら、このまままっすぐ――」

たしか子どものころに、一条家も家族で薬草園を訪れたことがあった。紅葉が十歳くらいだったから、匡隆は中学生だったはずだ。

フェンスで囲まれた八百坪ほどの土地は、雑木と雑草が生い茂っているようにしか見えないが、さまざまな薬用植物が植えられている。江戸時代にはここに母屋《おもや》も建てられていて、敷地も倍近い広さだったらしい。当時から植わっている樹木もあるそうだ。

ゲートを開けて中に車を停め、外に出た匡隆と紅葉は午後の日差しに緩くそよぐ草木を眺めた。

「あの辺が、お義母さんが手入れしたところだな」

匡隆が示した一角だけが、やけにすっきりとしていて、紅葉も小さく笑って頷いた。

「そうですね。実家にいたころは、できるだけ手伝うようにしていたんですけど、今は母に任せきりで……申しわけないことです」

ゆっくりと奥へ進みながら、紅葉は数か月ぶりに目にする草木の成長に、ときの流れを感じていた。

ふと気づいて、匡隆を見上げる。

「どうしてここに？　特に面白いものもなくて、退屈でしょう？　今は生薬に加工できるものも少ないし、無駄に土地を遊ばせているようなものなのかもしれません」

「まあ、このあたりなら買いたいと言ってくる人もいるだろうな。そういう話は？」

そのとおりで、業者からの打診も多く、中には個人から直接話を持ちかけられることもあった。

「でも……我が家の礎《いしずえ》のような場所なので、両親も決心がつかないようです。私も、できればこのまま残してほしいと思っていますが……」

日差しを避けてイチョウの木の下に立った紅葉は、地を這《は》うようにうねりながら伸びて、木に巻きつき始めている植物を示した。

「これ、胃薬のもとです。甘茶ヅル」

「これが？　へえ」

「葉っぱを使うそうです。生薬になると七葉胆《しちようたん》って言ったかな？　あ、そっちのは――」

順番に名前と効能を説明していた紅葉は、匡隆が苦笑しているのに気づいて、はっとした。

「す、すみません、私ったら……つい夢中になって……製薬会社の人から見たら、こんなの子ども騙《だま》しですよね」

匡隆はそれには答えず、一か所に群生している草の前に屈《かが》み込んだ。五十センチほどの丈で、細い茎に対になるように開いた葉は、親指よりひと回り小さい。先端が分枝して、その先に黄色の花を咲かせているものもあった。

「これは？」

「それは――」

紅葉にとっては、少し苦い思い出がある薬草だ。

「……オトギリソウ、と言います」

頷いて先を促すような匡隆は、効能についても知りたがっているのだろうか。

「生薬は小連翹《しょうれんぎょう》……神経痛などの痛みに効くと言われていますが、私はそのまま葉を取って、絞り汁を擦り傷に塗ったりしてました。実は――」

今さらどうということもない、子ども時代のエピソードに過ぎないと、紅葉は思い出を打ち明けた。

紅葉が誕生して一条家に嫁ぐと約束ができて以後、両家は家族ぐるみで交流することがたびたびあった。二年に一度くらいは、一条家が真室家を訪れることもあった。家族全員で、というのは子どものころまでで、それが最後になったと記憶している。

その日は薬草園で、おそらく母が育てたバラを披露していた。紅葉は日常的に目にするものなので、すぐに飽きてしまい、薬草園の中を歩いていた。

『紅葉、街まで行かないか？　こんなところにいても、つまんないだろ？　途中で、このあたりには珍しくオシャレなカフェがあったからさ、パフェでもご馳走してやるよ。デートしよう』

声をかけてきたのは祥晃《よしあき》で、紅葉はかぶりを振った。すでに自分たちが将来結婚するのだと理解してはいたけれど、それはずっと先のおとなになってからのことだ。十歳の紅葉にとっては、デートをするなんてとんでもないことで、そんな単語を会話に出されることだけでも、戸惑いと恥ずかしさを感じた。

紅葉の反応が期待外れだったのか、祥晃は「つまんねえガキ」と言い捨てて踵《きびす》を返した。折り悪く季節は梅雨で、その日も午前中は雨が降っていたため、薬草園の中はぬかるんでいた。祥晃は足を滑らせ、必死に体勢を立て直そうとしたせいで、逆に薬草の中へと派手に倒れ込んでしまった。

『だいじょうぶ⁉︎』

紅葉が駆け寄ると、身を起こした祥晃は八つ当たりするように、薬草を引き毟《むし》って撒《ま》き散らした。半袖から覗く肘のあたりに、草のトゲでできたらしい傷が点々と線を描いて、小さな血玉を浮かび上がらせる。

『ちょっと待ってて！』

それを目にした紅葉は、近くに群生するオトギリソウの葉を摘《つ》んで、揉《も》みながら祥晃に近づいた。

『これ、オトギリソウって言って――』

揉まれて汁をにじませた葉を、傷口に押し当てようとした寸前で、祥晃に手荒く払いのけられた。

『なにするんだよ！　汚ねえな！』

紅葉はその剣幕に脅《おび》えながらも、小声で言い返した。

『擦り傷に効くから――』

『ばかじゃねえの』

祥晃はそう吐き捨てて、立ち上がった。思った以上に泥汚れがひどく、忌々《いまいま》し気に舌打ちをして、紅葉を睨《にら》むように見下ろした。

『田舎者が。そういうのを民間療法って言うんだよ。傷口はちゃんと消毒して、薬を塗らなきゃだめだっての。そんなんで俺と結婚するつもりか？』

よかれと思って用意した薬草を拒絶された上に、その効能を否定されたことで、自分自身や家族まで否定されたような気がした。言葉も出ずに立ち尽くす紅葉を置いて、祥晃はおとなたちがいる方へと行ってしまった――。

ひとしきり話し終えた紅葉は、匡隆を見て苦笑する。

「今思えば、私も押しつけがましかったし、効果は必ずしも万人向けじゃなくて、人によっては皮膚に炎症を起こすこともありますから、祥晃さんが嫌がったのも、もっともなのかもしれません。でも、あのときは子ども心にショックで……だからいまだに根に持っているのかもしれないですね」

「それだけ？」

話を黙って聞いていた匡隆が、紅葉を見上げて訊《き》いてきた。

「え……？」

つまらない話を長々と、と思われたのだろうか。それとも、兄の悪口を言われたように感じた？

困惑《こんわく》して謝ろうかと思ったとき、

「その話には、まだ続きがあるだろう。憶えてない？」

匡隆にそう言われて、紅葉は目を瞬いた。

「……続き、ですか……？」

「その様子だと、忘れてるんだな」

実際そのとおりだったので、紅葉は小さく頷いた。

あのとき、他になにがあっただろう。なにしろいまだに憶えているくらいだから、祥晃とのやり取りが悪い意味で印象深く、それ以外は記憶にない。

匡隆は立ち上がって微苦笑を浮かべた。

「あのとき俺は祥晃に追い払われて、少し離れたところにいたんだ。まあ、かろうじて声が聞こえるくらい。祥晃が転んだから、慌てて駆け寄ろうとして、俺も見事に転んでね。いやあ、雨上がりは足元が悪い。薬草の手入れも大事だけど、通路の修繕も必要だろうな」

ということは、一連の出来事を匡隆に見られていたのだろうか。特に脚色したつもりはないけれど、なんとなく気まずくなりながら、紅葉は匡隆の話を聞いていた。

「祥晃がいなくなってから、気になってきみに近づいた。なんだかひどく傷ついたような顔で立ち尽くしていたからね。まあ、潔癖症の気があるから奴の言い分もわかるし、きみの前で派手に転んでカッコがつかなくなったのもあったんだろう。それを差し引いても、女の子に投げつける言葉じゃなかったと思う」

あ……なんか……そういえば……。

頭の奥で、ぼんやりと映像が浮かんできた。

紅葉の前に、匡隆が現れたのだ。祥晃と同じように服が泥だらけで、髪にまで泥がついていた。そして、頰に薄く血がにじむ切り傷が――チガヤのような鋭い葉が掠《かす》めたのだろう。

『……あの――』

匡隆が口を開いたが、紅葉はそれよりも頰の傷から目が離せなかった。家族や親しい人間なら、こんなときは互いにオトギリソウを処方するのだが、今しがた祥晃に手ひどく拒絶されたばかりで、身体が動かない。

『……なに？　あ、汚れてる？』

凝視する紅葉に気づいて、匡隆は汚れた手で頬を撫《な》でようとした。

『あっ！　待って、擦り傷が――』

思わずそう声を上げると、匡隆ははっとしたように手を止め、視線を動かした。自分の顔が見えるわけでもないのに。紅葉は思わず笑ってしまい、それを見た匡隆も口元を緩めた。

『傷に効く薬草があるんだろう？』

『あ……うん、でも……嫌じゃない？』

『全然。だって、早く治したいじゃないか』

兄弟なのにまったく違う反応に、紅葉は不思議に思いながらも、匡隆の態度が嬉しくて、いそいそとオトギリソウを摘んで、葉を揉んだ。屈んで仰《あお》向《む》いた匡隆の頬に、その汁をそっと塗った――。

「思い出しました……そうだったわ……」

そして、なぜ匡隆とのやり取りだけがすっぽりと抜け落ちていたのかも、理由を知った気がする。あのときの匡隆の態度に、紅葉は思いやりを感じ、彼に対して好意を抱いたのだ。

おそらく恋愛的な意味ではなく、純粋にいい人だと思ったのだが、一方で、祥晃と結婚する自分が、他の男性に目を向けてはいけないと、己を戒《いまし》めたのだろう。それで、匡隆とのやり取りを記憶から締め出してしまっていたのだ。

さらに言うなら、そうしなければ匡隆に惹かれて、なぜ結婚相手が彼ではないのだろうと悩みそうな気がしたから――。

「ごめんなさい、忘れてたなんて……」

謝る紅葉に、匡隆は首を振った。

「忘れてた理由も、なんとなく思い当たるよ。きみは律義な性格だから。でも、俺は――」

匡隆の手が紅葉の肩に伸びた。わずかに力が込められて、紅葉はよろめくように一歩、匡隆に近づいた。

「あのときから、きみのことが気になってしかたがなかった」

「……え？」

気になるって……どういう意味？　まさか……あのとき私は小学生だよ？

しかし当時は匡隆も中学生で、年齢差は五歳だ。小学生で初恋は珍しくもない話だと言うし、中学生の匡隆が異性を好きになるのは、なんの不思議もない。

その相手が……私だったの……？　本当に？

「きみが祥晃の結婚相手だということは、百も承知だった。だから無意味な想いだと、何度も自分に言い聞かせたんだ。それでも気持ちは年々膨らむばかりで――」

紅葉は我知らず自分の胸を押さえていた。そうしなければなにかが飛び出してきそうなほど、胸が高鳴っていた。

……なんの話をしてるの？　それはほんとに匡隆さんと私のこと……？　匡隆さんが私を好き

だった？　そんなに前から……。

「……私、結婚の話が出るまで、匡隆さんは私にまったく関心がないと思ってました……」

実際、結婚話が出るまでのこの十年、匡隆と顔を合わせたのは数えるほどしかない。それなのにずっと想いを寄せていたと言われても、本当だろうかと思ってしまう。それでいて、匡隆の言葉が真実だと信じたくて、胸を高鳴らせている。自分は匡隆を信じると決めたのだから、なにもおかしくない——なんて都合よく理由づけたりもして。

では、祥晃が失脚して自分が跡取りになったことは、匡隆にとって願ってもないことだったのだろうか。紅葉と結婚することも？

しかし、これは偶然のタイミングで出来事が重なった結果だ。そうでなければ、自分たちはまったく違う人生を歩んでいたことになる。

「こっそり見ていたことは何度もある。学校の行き帰りだったり、乗馬クラブにも行ったことがあるな」

「えっ……」

匡隆がそんな探偵のような真似をしていたのかと驚く一方、どんな姿を見られたのだろうと気が気ではなかった。せめて匡隆を幻滅させるようなシーンがなかったことを祈るばかりだ。

「直接会ったらなにをしでかすか、自分に自信がないくらいだったよ。でも、見つめ合いたくて、きみに名前を呼んでほしくて……いっそのこと家を捨てて、きみを連れ去ってしまおうと、何度思ったか知れない」

ある意味物騒で、同じくらい情熱的な台詞《せりふ》に、これは本当に紅葉に対しての言葉なのだろうかと耳を疑う。それに、匡隆の言動だろうか、と。

「……匡隆さんが？　そんなタイプに見えません……」

それを聞いて、匡隆は自嘲《じちょう》するように笑った。

「きみの前では、かなり猫を被ってたよ。少しでも好かれたかったから、絵に描いたような理想的な男を演じてきた。本当の俺は、気性も荒いし、狡《ずる》い」

紅葉は強くかぶりを振る。

「そんなことありません。少なくとも私にとっては――」

「この際だから白状するが、祥晃を告発したのは俺だ」

「えっ……？」

告発というのは、祥晃が汚職に手を染めていた件だろうか。

見つめる紅葉に、匡隆はこくりと頷いた。

きっかけは、祥晃が取引先の相手と個人的に会っている現場を目撃したことだったという。ビジネスという雰囲気ではなかったので、匡隆は何度か終業後の祥晃を追跡した。特に意味はなく、なにか弱みでも握って嫌味のひとつも言ってやれればいい、くらいの気持ちだった。祥晃と紅葉の結婚が迫り、追いつめられるような気持ちだった。

しかし、祥晃が相手からなにかを受け取っている現場を目撃したことで、疑惑が浮上した。事実なら必ず証拠を見つけ出してやるという執念で、売上や納品のデータをしらみつぶしに照らし合わせたところ、特定の取引先において、いくつもの不可解な数字が確認できた。

匡隆は真っ先に父に報告した。父は祥晃を問い質《ただ》し――結果は紅葉も知るとおりだ。

そこまで話したところで、匡隆は深く息をついた。

「俺が見ないふりをすれば、あいつは今も変わらず跡取りだっただろう。でも俺は、奴が失脚するように動いた。そうなれば、少なくともきみとの結婚は取りやめになるだろうと思ったからだ。結果は……予想を上回って、俺ときみの縁談にまで進んだ――」

青々と葉を茂らせたイチョウの下で、強い日差しが匡隆の顔にまだらの影を作る。わずかに眉をひそめた匡隆は、なににともなく小さく首を振った。

「結婚相手の弟というだけの、まるで眼中になかった男が、きみの人生を大きく狂わせたと知ったら、きっと俺を嫌うに違いないと思いもした。けれど、どうしてもきみが欲しかったんだ。父には跡継ぎになる条件として、祥晃の件に俺が関わったのを伏せ、きみとの結婚を進めてくれるように頼んだ。跡継ぎにさせるのはともかく、結婚までは強要できないと両親は思っていたようだが、俺が前向きだと知って、なんとしてもまとめようと躍起になった。祥晃から俺に変わったのを、顔合わせまで知らせなかったのは、さすがにきみだけでなくご両親にも失礼だったと思ってる」

たしかにそれはどうなのかと顔合わせのときに思ったけれど、元から家同士を結びつけるための結婚だと理解していたから、兄と弟の違いなど大差ないのだと納得した。同時に、紅葉に求められているのは、一条家の嫁になることだと再認識したのだが――。

匡隆さんも、真室《まむろ》家の娘だから私を妻にしてくれたんだと思ってたのに……違うの？　本当に、私のことを……？

「結婚して、きみを手に入れたと安堵《あんど》と喜びに浸《ひた》ったのもつかの間、日に日に焦《あせ》りを感じるようになった」

「えっ……」

思わず声を洩らした紅葉の頬を、匡隆の指がそっと撫でる。

「間近で見るきみの笑顔や……それ以外のさまざまな表情に、どんどん魅了されていった。これ以上好きになれないと思ってたのに、些細《ささい》なやり取りにも愛《いと》しさが増すばかりで――」

もう何度目になるだろう――匡隆が語っているのは本当に自分のことなのかと思い、紅葉は胸を高鳴らせながらも疑問を消しきれない。

だって……私はそんな、匡隆さんが好きになってくれるほど魅力がある女じゃない。そうなりたいと思って、努力はしてきたつもりだけど……。

たとえば彼の部下の女性社員や、紅葉が知らない日常に関わる女性よりも、匡隆を引きつけられる自信なんてない。

「待つつもりでいたんだ、きみが俺を好きになってくれるのを。けれどこの前のことで、きみが離れてしまうかもしれないと思ったら……嫌だ。離したくない」

匡隆は紅葉の手を強く握りしめた。逆光に、匡隆の顔に影が差し、表情がわからなくなる。しかし、双眸《そうぼう》だけが強い光を放っていた。

「愛してるんだ、きみをすべて。だから、これからも妻でいてほしい。そして……いつか俺を好きになってほしい。そのためなら、なんだってする。改めてほしいところがあれば、遠慮なく言ってくれ。本当の夫婦になりたい」

再び匡隆の顔に光が差すまで、紅葉はずっと彼を見上げていた。反応しない紅葉に、匡隆は不安そうな顔をしていた。

焦《じ》らすつもりなんて毛頭なく、紅葉はただ驚きのあまり、言葉が出ずにいたのだ。匡隆が自分を好きでいてくれて、それをこんなにもはっきりと伝えてくれるなんて、ほんの少し前まで想像もしていなかった。

「……私――」

紅葉は掠れる声を洩らし、匡隆の手を握り返した。

「家同士の決めごとだったから、匡隆さんはしかたなく私と結婚してくれたんだと思ってました」

「そんなことない！　言っただろう？　俺は――」

すかさず否定した匡隆に、紅葉は頷きを返した。

「聞きました。でも、すぐには信じられなくて……だって、私ですよ？　匡隆さんなら他にいくらでもお似合いの素晴らしい女性と出会えるだろうし……もしかしたらもう出会っているかもしれない、って……」

「誓って言う。きみ以外の女性なんて考えられない。俺の人生には必要ない」

「信じます。好きな人の言葉だから……」

匡隆は目を瞬いた。

「……今、なんて……」

「私も、匡隆さんが好きです……愛してます……」

匡隆は目を瞠《みは》ったまま、よろめくように一歩後ずさった。

「え……？　本当に？」

「嘘じゃありません。あなたに恋をしています……」

匡隆は薄く口を開いて、瞬きを繰り返している。改めて打ち明けるのは恥ずかしかったけれど、匡隆がちゃんと言葉にして伝えてくれたのだから、紅葉も本当のことを伝えなければいけない、匡隆に知ってほしいと思った。

「顔合わせの日に会ったときから……なんてすてきなんだろうと思って、目が離せなくなって……あなたの視線が気になって、ドキドキが止まらなくて……これが恋なんだって気づきました。バラ園で話をして、ますます好きになりました。政略結婚のはずが、まさか好きな人のお嫁さんになれるなんて、ただもう嬉しくて……デートもプロポーズも夢見心地でした。結婚してからも、なんでも私のことをいちばんに考えてくれる優しさに、匡隆さんと結婚できてよかったと、あなたには感謝しかありませんでした」

一気に喋《しゃべ》った紅葉は、そこで息をつく。匡隆の驚きは過ぎたようだが、今はひと言でも聞き洩らすまいというように、真剣な眼差しを紅葉に向けている。

「こんなに誠実に妻として扱《あつか》ってくれているんだから、私もあなたに満足してもらえる妻になるよう努めようと心に誓って……そしていつか、心も通い合う本物の夫婦になりたいと願ってました。でも……だんだんと、そんな日が来るのかなって気になるようになって……だって、私は好きな人の妻になれたけれど、あなたはそうじゃないと思ってたから――」

視線を落とすと、互いの指にはめられた指輪が光を浴びていた。

「本当は違う人生を歩みたかったんだろうな、って。具体的な人生設計が立っていてもおかしくない年齢だし、もしかしたらもう始まっていたかもしれない。それをめちゃくちゃにしたのが私なら、いつか好きになってもらうなんて、調子がよすぎるんじゃないかって。でも、好きでしれないって、マイナスな思考も止められなくて……匡隆さんは違うんだろう、他の人に惹かれるかも……毎日どんどん気持ちが膨らんでいって――ついに口にしてしまったのが、あの失言です。ごめんなさい。でも、あのとき気がつきました。好きな人を信じなくてどうするのか、って。だからそれを念頭に仕切り直してきたつもりです。でも……まだぎこちなかったですけど」

匡隆は何度となく口を開きかけ、しかし言葉にはならないということを繰り返していたが、やがて大きく息をついた。

「……なんてことだ。つまり俺たちは、互いに片想いをしてたってことか」

その言葉は、紅葉の胸にすとんと落ちた。

「片想い……そうですね、たしかに」

「なんだか嬉しそうな顔をしてないか？　俺は、今日までの日々はなんだったんだと、力が抜けそうなんだが」

「え……だって、片想いを経験するなんて思ってもみなくて。そうか、自分だけだと思ってたんだから、片想いですよね。なにしろ恋愛経験がなくて――」

「ちょっと待った」

匡隆は掴んだままの紅葉の手を引いた。

「……もしかして、初恋もまだだったのか？」

「え……？　そう、いうことになりますね……でも物心ついたときには、結婚相手が決まってたし、小学校から女子校だし……」

答えながら、なんだか匡隆の雰囲気が違うと、紅葉は思った。口調や態度が、これまでよりもラフというか。もしかしたら、これが本来の匡隆なのかもしれない。それを紅葉に見せているということは、気持ちを含めて本当の自分を見せてくれているのだろう。

そんな紅葉の心中を知ってか知らずか、匡隆は「やった」と小さく呟《つぶや》いて拳を握った。なんだか一気に若者に見えてくる。

「片想いも初恋も両想いも、紅葉の恋の相手は全部俺ってことでいいよな」

「……そうですね――きゃっ……」

ふいに強く抱きしめられて、紅葉は思わずあたりを見回してしまった。薬草園は素通しに近いフェンスで囲まれているだけなので、誰かに見られていないとも限らない。

しかし自分たちは夫婦で、しかも両思いなのだ。なにを憚《はばか》ることがあるだろう。それに、夏の日差しに勢いを増した植物は丈を伸ばし、葉を茂らせ、紅葉たちをふたりきりにしてくれている。

「愛してるよ、紅葉。この世でいちばん」

「私も……匡隆さんを愛してます」

決して伝えられないと思っていた言葉が口にできて、相手がそれを望み、喜んでくれていることに、紅葉は恋が成就する幸せを感じた。

顔を上げると、匡隆の微笑みが近づいてきて、紅葉は胸のときめきが強くなるのを感じながら目を閉じた。何度となく交わしたキスが、これほど心地よく、そして泣きたくなるほど嬉しく感じたのは初めてだ。

もっと触れ合いたい、もっと匡隆を感じたい――。

ふいに匡隆が紅葉の肩を掴んで、キスを解いた。

「……あ、危ない……理性が飛ぶところだった……」

紅葉の肩に掴まるようにして俯き、背中を大きく上下させる匡隆に、紅葉は思わず笑ってしまう。

「なにを笑ってるんだ。それと言うのも、きみが舌を動かすから――」

「しっ、してません！　そんなこと……してない、はず……」

言葉が尻すぼみになった紅葉を、匡隆は下から見上げるようにして、にやりと笑った。

「きみがいいなら、ここでこのまま続きをするけど？」

「だめです！　法律違反になっちゃう」

匡隆は紅葉の背中を抱くと、急かすようにゲート方向へ足を速めた。

「じゃあ、急いで帰ろう。家に着くまで我慢できるように祈っててくれ」

いつもなら休みの日の夕食は、デートを兼ねてフレンチやイタリアン、あるいは鮨《すし》やてんぷらなどを時間をかけて味わっていたが、今日は帰り道で目に入ったハンバーガーショップに入ることで意見が一致した。

それでもチェーン店とは違って、手作りのパテを一枚ずつ焼いて、バンズも自家製、挟む野菜も自家栽培というこだわりのハンバーガーだった。

テーブル席で、ナイフとフォークが添えられた形式だったが、匡隆は迷うことなく、大き目のハンバーガーを片手で掴み、かぶりついた。もう一方の手は、すでにフライドポテトをつまんでいる。

「うん、いける」

大きく顎《あご》を動かして咀嚼《そしゃく》しながら、唸《うな》るように呟く。ポテトは揚げたてだったので、頬張りながらはふはふしていた。

そのさまに、紅葉は目が離せなくて、食べるのも忘れる。

これが、本来の匡隆さんなのか……。

紅葉の実家を訪ねるというので、きっちりとスーツを身に着けていたが、今はネクタイを片方の肩に跳ね上げて、テーブルに肩肘をつき、脚まで組んでいる。行儀という点ではどうなのかと思わなくもないけれど、ドラマかテレビCMのワンシーンのようにさまになっていた。

「ポテト、なくなるよ？」

匡隆に言われてテーブルに目を戻すと、バスケットに山と盛られていたフライドポテトとフライドオニオンが、三分の一ほどになっていた。

「あっ、オニオンは残しておいてください！」

紅葉はそう告げて、匡隆に倣《なら》って手にしたハンバーガーに齧《かじ》りついた。匡隆はもう数口を残すだけだ。

「ハンバーガー、好きなんですね。意外……」

最後のひと口を口に放り込んだ匡隆は、呑《の》み込まないうちに紙ナプキンで口元を拭《ぬぐ》った。それからテーブルに両肘をついて、紅葉のほうに身を乗り出す。

「俺をいくつだと思ってるんだ？　中高の部活帰りは、ハンバーガー屋かラーメン屋に直行だったし、大学生が小腹が空《す》いたときだって、こんなもんだろう」

視線が紅葉の手に向いて、ハンバーガーを狙われているのかと、思わず身体ごと横を向いてしまう。

「そうですけど、一条家のご子息なのに」

「逃げたな。雰囲気や自己満足のために、気取った高い店に行くのを否定はしないが、それはこぞというときでいいと俺は思う。大学は国立だったから、金欠でヒイヒイ言ってる奴もいたし、そこは足並みを揃えるところだろう？　なんて、実は気楽でいいってのが本音だったりしてな」

スマートで品がいい紳士だとばかり思っていたので、素顔を晒《さら》した匡隆に少し驚いたが、嫌だとはまったく思わなかった。

「ちょっと、ほっとしました。うちは平均的な中流家庭だから、一条家の家風についていけるかどうか、ずっと心配だったんです。匡隆さんや、ご両親に迷惑をかけてしまうんじゃないかと……」

「ばかな。そんなことを気にするようなら、はじめから結婚話を持ち出したりしない。きみのことは、両親ともに気に入ってるよ。俺は言うまでもないだろう？」

でも……はっきり言ってほしいな、なんてちょっと思ったりして……。

「立ち居振る舞いなんてものは、その場にふさわしくできればいいだけで、ふだんからドラマにでも出てくるような昔の上流階級みたいな感じだったら、逆に引かないか？　――きみのことは、気に入るなんてもんじゃない。俺の人生で唯一無二の人だと思ってる」

会話の中で急に入り込んできた言葉に、紅葉は目を瞠り、そして頬を染めた。

「どうしてですか？　今までそんなこと――」

「本当の俺を知ってきみに嫌われたくなかったからね。でも、晴れて両想いとわかったからには、念願を叶えてもらう。今日の記念だよ」

「そんな、いきなり……記念って言うなら、ちゃんと準備させてください」

「なにを準備する必要がある？　いつも完璧じゃないか」

なにを言い合っているのかと言えば、一緒に入浴するかどうかという話だ。

マンションの地下駐車場に車を停めた匡隆がそうしたいと口にして、紅葉は慌てふためいた。

世の相思相愛の男女が一緒に入浴して、ついでに戯《たわむ》れたりというのは珍しくもないことだと、もちろん知っている。

しかし自分の身に置き換えて、これからやりますと言われたら、やはり抵抗があるのだ、かなり。相手が匡隆だろうと。いや、匡隆だからこそ、だろう。

毎晩のように夫婦の営みをしておいて今さら、と言われもするだろうけれど、そのときはいつも薄暗がりだった。匡隆が言うところの、嫌われたくないから、紅葉の頼みを聞いてくれていたのだと思う。それに――途中からそんなことも気にならないくらいの境地に、連れ込まれてしまうのがつねだった。

お風呂はそうはいかないでしょ。暗くしてなんて、よけい変だし……全部はっきり見られちゃう。素面《しらふ》でそれは……。

車の中で言い合いが始まり、降りてエレベーターに乗っている間は互いに沈黙を守っていたものの、その間に相手を説得する言葉を互いに考えていたのか、玄関に入ったとたんに押し問答が再開した。

「夫婦だぞ？　正真正銘《しょうしんしょうめい》の。身も心も結ばれた。なにを隠すことがあるんだ」

「嗜《たしな》みの問題です」

「それは大いに同感だ。誰彼かまわず肌を晒すなんて論外だが、相手は俺だぞ？　なんの問題がある？　ていうか見たい」

どさくさに紛れて発された言葉と、やけに必死な匡隆の顔に、紅葉はつい吹き出してしまった。

「やだ、もう……匡隆さんったら」

「お？　笑ってくれたな」

匡隆はふいにいつものように微笑んで、紅葉の頭を撫でた。

「怒り顔も魅力的だけど、笑顔がいちばんだ。よし、今回は諦《あきら》めるとするか」

「え……」

突然の撤退に、紅葉は逆に戸惑う。

「本当に？　だって、あんなに――」

「きみに嫌われたくないからね。それじゃ、俺が先に――」

バスルームに向かおうとする匡隆の腕を、紅葉はとっさに掴んでいた。

「……嫌じゃない、です……恥ずかしいだけで……」

俯《うつむ》く紅葉の前で、ゆっくりを振り返った匡隆の囁《ささや》きが聞こえた。

「一緒に入ってくれるってこと？」

小さく頷くと、匡隆はハグしてきた。

「きみは本当に可愛《かわい》いな。嬉しいよ、ありがとう」

頬に軽くキスをすると、匡隆は紅葉の手を引いてバスルームを目指した。

「してやったりとか、思ってないからね」

そう言われて、紅葉ははっとする。

「え？　えっ？　そうなの⁉」

「あ、いいね、その口調。実は前々から気になってたんだ。夫婦の間柄《あいだがら》で敬語ってどうなのかなって――」

「その話じゃなくて！」

パウダールームに入ってしまうと、さすがにもう言い合いをするのも今さらで、それよりもどうやって服を脱ぐかということのほうに意識が向いてしまった。

幸い匡隆はさっさと自分の服を脱ぎ、バスルームへ移った。脱がせてあげるよ、なんて想像をしていた紅葉は、ちょっとだけ拍子抜けだ。

シャワーの音がして、一枚板の曇りガラスのドア越しに、匡隆のシルエットが映る。タイミング的に今だと、紅葉はドアを細く開けて身体を滑り込ませた。

匡隆は背中を向けて立ち、髪を洗っている。腕の動きに合わせて背中の筋肉が盛り上がり、紅葉は思わず見入ってしまった。

すごい……匡隆さんって、こんなに筋肉質だったんだ……。

感触として知ってはいたけれど、男女の違い程度にしか考えていなかった。しかし目の前にあるのは、例えるならボクサーのような見事な細マッチョだ。

考えてみれば、あれほどきれいにスーツを着こなすのだ。オーダーメイドで調整が利くにしても、中身が理想的なスタイルなら自然と決まるに違いない。

そういえば乗馬ウェアもすてきだったし、ふだん着だってカッコよかった……。

「きゃっ……！」

突然シャワーを止めて振り返った匡隆は、紅葉に抱きついた。

「自分は恥ずかしがってたのに、ずいぶん凝視してくれたな」

「ぎょ、みっ、見てませんっ！」

裸体で抱き合うのは初めてではないのに、匡隆が泡まみれのせいか、感触が違ってドキドキする。

「嘘をつくな。痛いほど熱い視線を感じた。こっちまで興奮するくらい」

押しつけられた下腹に硬いものを感じて、紅葉は狼狽《うろた》えた。

「……か、髪っ……まだシャンプーの途中じゃ――」

「そうだった。続きは紅葉にしてほしいな」

このままことを進められるにしても、まずは匡隆の髪をどうにかしたほうがいいと、紅葉は承知した。しかし身長差があって、匡隆の髪を洗うのはひと苦労だ。

「座ってくれませんか？　手が届きにくくて」

「了解」

匡隆はそう答えて、バスタブの縁に腰かけた。移動しかけた紅葉は、足を止める。これでは匡隆の前に立つことになり、つまり眼前に裸体を晒すことになる。

「……後ろ向きとか、どうでしょう？」

「どうでしょうと言われても、足湯じゃないんだから。じゃあ、やっぱり立ったままで」

すっくと立ち上がった匡隆に、紅葉はしかたなく手を伸ばした。

「一方的に洗ってもらうのもなんだから、俺も紅葉の髪を洗ってあげよう」

匡隆が手探りでボトルに手を伸ばすのを、紅葉は慌てて止めた。

「いいです！　私は自分でします」

「うん、女性は髪にこだわりがあるだろうから、身体にしておく」

両手で脇腹を撫で上げられ、紅葉は悲鳴を上げた。

「匡隆さんっ！」

「心配しなくてもボディシャンプーだよ」

「そういうことじゃなくて――あっ……」

這い上がった両手に乳房を包まれ、やわやわと揉まれる。滑る指が乳頭を弾き、紅葉は喘《あえ》いだ。

匡隆の頭から両手が滑り落ち、どうにか首にすがりつく。

「可愛いな、きみは……愛してるよ、奥さん」

そんな呼び方をされたのは初めてで、思わず顔を上げると、噛みつくようにキスをされた。

「……んぅ……」

性急に舌が絡んできて、頭の奥がじんと痺れる。

匡隆は胸への愛撫《あいぶ》を続けながら、仰け反る紅葉の腰を片手で支えるように抱いた。下肢が密着して、昂《たか》ぶりが紅葉の下腹を熱くしていく。匡隆が自分を求めてくれていると肌で感じて、喜びが身体に広がる。

紅葉の身体のラインを辿《たど》るように、乳房から下肢へと滑り降りた指が、薄い和毛《にこげ》を掻き分けて、敏感な場所に触れた。

「んっ、……ふ……」

すでにつんと尖《とが》っていた花蕾《からい》を指の腹で撫で回されて、紅葉は快感にかぶりを振った。唇が離れて、大きく喘ぐ。

「あ……ああっ、だめっ……立ってられない……」

膝から力が抜けた紅葉を、匡隆はバスタブの縁に座らせた。大きく開いた膝の間に、匡隆がしゃがみ込む。

「ああっ……」

舌で舐《な》め上げられ、紅葉は悦《よろこ》びの声を上げた。指を差し入れられながら、さらに花蕾を攻め立てられて、たちまち上りつめてしまう。

バスルームの壁に背中を預けて、肩を大きく上下させる紅葉を、匡隆はじっと見つめているようだった。しどけなく開いた脚の間で、襞《ひだ》の奥が喘いでいるのまで見られているかもしれない。

「俺を欲しがってくれてる……?」

「いや……言わないで……恥ずかしい……」

手で顔を隠すのも億劫《おっくう》で、紅葉はどうにか顔を背けた。頬に当たる大理石のひんやりとした感触を心地よく思っていると、匡隆が立ち上がる気配にそっと目を開けた。

「――あ……」

匡隆の中心では怒張が天を突いていて、初めてまともに目にしたそれに、紅葉は狼狽える。

……え？　ええっ、こんなにすごかったの？

セックスの最中は観察する余裕などなく、紅葉からの奉仕も遠慮されていたから、目の前のそれのサイズ感と、これを自分の身体に収めていたという事実が信じられない。

紅葉の視線に気づいた匡隆は、軽く両手を広げた。

「俺はきみが欲しいよ。だからこうなってる。恥ずかしいことか？」

紅葉は小さくかぶりを振った。

匡隆に乞《こ》われている。それを全身で示されているのだと思うと、むしろ――。

「……嬉しいです。匡隆さんも、そう思ってくれてます……？」

「当たり前じゃないか。愛する人に求められているとわかって、嬉しくないはずがない。どう応えようかと、全力で取り組むね」

それを聞いて、紅葉は匡隆に向かって手を伸ばした。匡隆もまたその手を取ろうとしたが、紅葉はそれを避けて匡隆のものに触れた。

「……紅葉？」

見上げると、戸惑いの表情があった。そこに期待が含まれているのを感じ取って、紅葉は勢いづき、匡隆の下肢に顔を近づける。

「……無理しなくていい」

「無理なんてしてません。全力で取り組みたいんです」

触れたものは熱くて硬くて、紅葉の手に鼓動を伝えてきた。そっと舌を伸ばして先端に触れると、ぴくりと蠢《うごめ》く。同時に匡隆が息を呑み、深く吐き出した。

「ヤバいな……視覚効果が半端ない……」

紅葉のほうは、行為を始めるという関門を潜《くぐ》ってしまうと、逆に冷静になれたというか、どうすれば匡隆に感じてもらえるか、間違っても痛い思いをさせないか、などに意識が向く。明るいバスルームで匡隆に見られていることも、あまり気にならない。

触れたときにも思ったが、唇や舌で辿っても、匡隆のものはなめらかで心地いい感触だ。本当に人体なのかと思うほど硬かったけど。

苦労して先端を口に含み、歯を立てないようにゆっくりと上下しながら、舌を絡める。果たしてこれが正解なのかどうかわからないので、反応を知ろうとそっと目を上げると、食い入るように見下ろす匡隆と目が合った。そこに情欲の色を見つけて、紅葉は思わず笑みを浮かべる。

ふいに肩を掴まれ、匡隆から引きはがされた。

「ごめん、もういい。ていうか、勘弁してくれ」

そう言われて、紅葉は困惑した。匡隆も感じてくれていると思ったのは、勘違いだったのだろうか。もしかしたら、苦痛だった？

「ごめんなさい！　どこか痛かったですか？　どうすればいいかわからなくて――」

「違う、痛いなんて全然。よすぎてまずい。口に出されたくないだろう」

「えっ……かまいませんけど」

紅葉が下手すぎて我慢できなかったのではないとわかって、ほっとしながらそう答えると、匡隆は前屈みになりながらしゃがみ込んだ。

「危ない……今度は顔射しそうになった……あまり俺を有頂天にさせないでくれ……」

顔射……？　って、顔にかけるってことだよね……？　どっちにしても、そのくらい感じてくれてたってことで……。

「続けましょうか」

紅葉がそう言うと、匡隆はがばっと顔を上げた。信じられないというような表情だったので、紅葉は言葉を続ける。

「え……？　だって、そのためにしてたんですから……」

「顔射を？　いや、違うな……じゃなくて、俺がストップをかけたのは、きみと一緒に感じ合いたかったから。つまり、いくならきみの中がいい――」

匡隆はそう言って、紅葉を抱き寄せた。

「まずは身体を洗って、温まろうか」

けっきょく各自で髪と身体を洗い、揃って湯船に浸《つ》かった。匡隆は紅葉を背中から抱くようにして、耳朶《じだ》に唇を寄せる。

紅葉のほうは、途中で放置してしまった匡隆のものが気になっていたのだけれど、腰に当たる感触は、先ほどよりも軟化しているような気がする。

わずかに身じろぐと、背後から忍び笑いがした。

「気になる？　心配しなくても、このまま入れたりしないよ」

「いえ、そうじゃなくて……最後までしなくてよかったんですか？　ええと……身体に悪くないのかなって……」

今度はバスルームに笑い声が響いた。

「ああ、笑ってごめん。勃つたびに射精してたら大変だよ。時と場所をわきまえずに勃起することだって、若いうちは多いからね。密かに抑え込むことなんて、けっこうある」

「そうなんですか……」

異性の身体の仕組みなんて、誰に訊けることでもないし、インターネットで検索したりしたら、画像が危険すぎて尻込みしてしまう。よって、遅まきながら実地で知識を吸収している状況だ。

「まあ、すぐに復活するから気にしなくていいよ。それよりまさか、これで今夜はおしまいだとか思ってないだろうな？」

乳房を両手で包まれ、指で先端を弾かれて、紅葉は湯面を波立たせた。

しっかり水分補給をして、紅葉は肌の手入れも済ませて、一緒に上階のベッドルームに向かった。

匡隆は部屋の冷蔵庫からスパークリングワインのハーフボトルを出して栓を抜き、グラスに注いだ。ソファに座った紅葉の隣に腰を下ろして、グラスを手渡してくれる。

「乾杯しようか。いろいろとあった記念日に――」

グラスを合わせてひと口飲む。アルコールに弱い紅葉のことを考えてくれたのか、ほんのりと甘く、軽い口当たりだ。

「そうだ。改めて否定しておきたいんだが、進行形で個人的なつきあいのある女性はいないし、この先もない。帰りが遅い日は仕事をしてた」

紅葉は申しわけなくなって、俯いて頷いた。

「ごめんなさい……匡隆さんはすてきだから。実際あなたに近づきたい人や、憧《あこが》れの眼差しで見つめる人もいて……でも、もう疑ったりしません。信じます。焼きもちも、やめます」

「いや、焼きもちは嬉しいんだけど……いやいや、きみが嫌な気分になるなら、しないほうがいいな」

匡隆は半分独り言のように呟きながら、頬を掻いた。

「というか、俺の愛情の示し方が足りなかったんだな。結婚前から、きみを好きで妻にできるのが幸せだと、つねに訴えてきたつもりだったのに」

「あ、それは……私の思い込みで……ふつうに恋愛して結婚に至ったみたいに振る舞ってくれるのは、匡隆さんの気づかいだとばかり……私は予定外の妻だったから……」

すでに愛されているなんて、想像もつかなかったのだ。

「そうか、きみにしてみれば、いきなり結婚相手に名乗りを上げた奴だからな。メインは跡継ぎの座だと思われるのも当然か。そんな男が甘い言葉を囁いたり、熱愛ぶりを示しても、信じられなくても無理はない」

「でも……それでも嬉しかった……愛されるって、こんな感じなんだなって。そのうち、本当に愛されてるんじゃないかって、何度も錯覚しそうになって……ますます好きになっていました。どんなに優しくされても、あなたの心は遠くにあるんだと思うと、今度は逆につらくなって、どんどん悪い想像ばかり――本当にごめんなさい……」

匡隆は紅葉の手からグラスを取り上げると、しっかりと抱きしめてきた。

「愛してるよ。結婚できて、きみに好かれたくて、一から十までいい男ぶって過ごすくらいに――そうだ。今さら訊くけど、どんな男がタイプなんだ？　なるべく、いや絶対理想に近づくようにするから――」

紅葉は唇で匡隆の言葉を止めた。眼前に、目を見開く匡隆の顔がある。

「理想は匡隆さんです。ついでに言うなら、私の目には、男の人はあなたしか映りませんから」

「それはひと安心だ」

匡隆は紅葉を抱いたまま立ち上がった。そのままベッドへ運ばれる。

「ところで今夜の俺は、かなりエロい予定なんだけど？」

仰向けに寝かされた紅葉の顔を覗き込んできた。

「匡隆さんになら、なにをされても嬉しいです」

匡隆は紅葉の肩口に顔を埋めた。

「どこまで俺を夢中にさせるつもりだ……」

呻《うめ》くような呟きを洩らす匡隆の髪を、紅葉は両手で撫でる。

「本心ですから――あっ……」

バスローブの胸元を開かれ、紅葉は笑みを固めた。ふっくらと盛り上がった乳房のすぐ向こうに、匡隆の顔がある。視線を紅葉に向けたまま、舌を伸ばして膨らみを舐め上げ、先端を捏《こ》ねるように弾いた。ジンとした痺《しび》れが二の腕あたりまで広がって、紅葉は目を閉じる。

「紅葉、見てごらん」

匡隆に促されて目で辿ると、乳頭が硬く尖っているのがわかった。なにもされていないほうも、乳暈《にゅううん》まで凝《しこ》っている。

「可愛がってほしがってるように見えるな……」

匡隆の指がゆっくりと――焦れったいほどにゆっくりと近づいて、ついに乳頭をつまんだ。

「ああっ……」

紅葉は身を震《ふる》わせて、その疼痛《とうつう》を味わう。凝りを解すように強弱をつけて揉まれ、ちりちりと痛痒《いたがゆ》いような疼《うず》きが広がっていく。

ふいに指が離れて、紅葉はせつないため息を洩らした。すぐにまた愛撫の手が伸びると期待していたのに、匡隆は触れてこない。視線をさまよわせると、蠱惑《こわく》的に光る双眸とぶつかった。

「もっとしてほしい？」

紅葉は抗《あらが》えずに頷く。

「それとも、舐めて吸ってほしい？　選んで」

「……舐め、て……」

匡隆は紅葉を片手で抱くようにして、胸に顔を埋めた。乳頭に舌を絡ませ、柔らかく歯を立てる。ぞくぞくするような快感に、紅葉はかぶりを振った。

バスローブ越しに背中を滑り降りた手が、内側に入り込んで太腿と尻を撫で回す。後ろからあわいに忍び込んできた指が、秘所を探った。

「あ、あっ……」

紅葉の喘ぎに掻き消されることなく、湿った音が響く。蜜を指に絡めるように花園を撫で回され、紅葉は上体を仰け反らせた。舌が乳房から離れる。

「こっちはもういいのか？　ああ、ここに集中してほしいんだな」

前から回った手に花蕾を捉えられ、指で啄《ついば》むようにつままれた。蜜にぬめって何度も弾かれ、急速に膨れ上がってくる快感に、紅葉はあられもなく腰を揺らす。

「あっ、……んう……」

複数の指が押し入ってきて、リズミカルに抜き差しをされると、内壁が歓喜するようにざわめき出すのが、自分でもわかった。中を探る指がときおり強く感じるところを掠めて、紅葉の意思に反して締めつけてしまう。その媚肉《びにく》を振り切るように擦られて、紅葉はもう上りつめてしまいそうだ。

「なにを我慢してるんだ？　もういけるだろう？」

耳に押しつけられた唇に、息を吹き込むように囁かれて、背筋が粟立《あわだ》つ。しかし紅葉はかぶりを振った。

「どうした、なにを意地を張ってる？」

笑っているような声音に、紅葉は喘ぎの合間にどうにか答えた。

「私……だけじゃ嫌……一緒に……あっ……」

その瞬間、指の動きが止まり、紅葉は潤んだ目を上げた。匡隆がなにかをこらえるような、それでいて熱っぽい眼差しでこちらを凝視していた。

「本当に、きみは……貪《むさぼ》ってしまいそうだから、先に少しでも気持ちよくさせようとしたのに……覚悟しろよ――」

匡隆は紅葉を組み敷くと、両膝を大きく開かせて、その間に割り込んできた。その勢いのまま一気に貫かれる。

「あああっ……」

奥まで占領されて、背中を大きく撓《しな》らせた紅葉の腰を、匡隆は引き寄せて、さらに猛りを捻《ね》じ込もうとする。そのまま円を描くように腰を回し、紅葉の中を舐め尽くすように、怒張で内壁を擦り立てた。

「初めて抱いたとき、これ以上の感動と興奮はないと思った。それが、きみを抱くたびに、いつもそう思う。今だって――」

媚肉の締めつけを押し返すような、力強い脈動を感じたかと思うと、匡隆は激しく腰を使い始めた。紅葉の脚を伸ばして足首を掴み、打ちつけるように大きな律動を刻む。

「あっ、ああっ、すごっ……」

勢い余って背中がシーツの上を滑り、抽挿《ちゅうそう》に合わせて乳房が揺さぶられた。その刺激にさえ、官能が深まっていく。

「……あ、……ああっ、どうしよ……もう……っ……」

腰の奥からぐうっとせり上がってくるものを、紅葉は必死にこらえようとした。

「どうした、そんなに中も外もびくびくさせて。いきたいんだろう?」

唆《そそのか》すように弱い場所を突いてくる匡隆に、紅葉は喘ぐ。

「や、あっ……だって、一緒に……」

「何度だっていかせてあげるよ。だから見せて……」

その言葉にタガが外れた。匡隆は紅葉を感じさせたくて、そんな紅葉を見たがっている。それなら自分だって、見てほしい。

送り込まれる刺激を思いきり受け止めて、紅葉は全身で悦びを訴えた。匡隆をきつく締めつけたまま身を捩《よじ》り、絶頂の声を上げる。

腰を震わせて余韻を味わう紅葉を、匡隆は引き寄せて起き上がらせ、膝に乗せた。うねり続ける媚肉を、怒張が奥まで満たす。

「あ……深、い……」

「うん。でも、きみは包んでくれてる。俺をしゃぶってくれてるみたいだ」

「いや、言わないで……」

「どうして？　褒めてるのに。覚えが早くて、いつも夢中にさせられる。どこで覚えたんだとか、いや、それはないはずだから、もしかしてひとりでなにかしてるのかとか、そんな妄想を働かせてた」

匡隆の明け透けな告白に、紅葉は思わず笑ってしまった。

「あ、響く。俺をいかそうとしてるな？」

「本当にあなたって意外」

「紳士ぶってただけで、これが本当の俺だよ。でも、好きでいてくれるだろう？」

キスをねだるしぐさに、紅葉は自分から唇を寄せた。舌を絡め合いながら、両手で互いの身体を探る。ゆっくりと下から突き上げられて、熾火《おきび》がたちまち炎を上げた。

「……んっ、んぅ……はっ、あ……」

仰け反った弾みに唇が解け、室内に紅葉の嬌声《きょうせい》と交接音が響く。匡隆の硬い胸板に、乳頭が擦られて疼く。

匡隆の膝の上で二度目の絶頂を迎えたとき、匡隆もまた達したようだった。互いに荒い息を吐きながら横向きに倒れ込み、結合が解ける。注がれたものが一緒に溢れ出るのを、紅葉は初めて惜しく感じた。

紅葉の様子になにか気づいたのか、匡隆は背後から紅葉の肩を引き寄せる。

「気にしなくても、まだまだ出すよ」

言い終わるか終わらないかのうちに、後ろから挿入されて、紅葉は身を震わせた。達したばかりとは思えないほど逞《たくま》しいものが、先ほどとは違う角度で刺激してくる。さらに後ろから回した手で乳房を揉みながら、紅葉の身体を上下に揺さぶる。

全身を揉みくちゃにされているようで、しかしそのすべてに感じて、紅葉はこらえようもなく喘いだ。

これまでも匡隆の愛撫に翻弄されてきたけれど、今夜ほど大きな快感を得たことはない。それはおそらく匡隆に愛されていると知ったからだ。キスひとつ、指先でのひと撫でにも、彼の愛情が込められていると思えば、心が昂ぶる。それが身体にまで伝わって、こんなにも感じてしまうのだろう。

そして紅葉がどんなに乱れようとも、匡隆は気にしたりしない。むしろ喜んでくれる。できれば、彼の官能も掻き立てられたらいいと願う。

絶頂へのきざはしを天辺まで辿り着こうとしていた紅葉の耳元で、匡隆が囁いた。

「愛してるよ、紅葉――」

その声に誘われるように、紅葉は達した。

翌日はふたりで、新居用の家具を選びに出かけた。家が完成してからでないとイメージが湧かないだろうと、まだ先のつもりでいたのだが、両想いが判明したことで、一気に匡隆のエンジンがかかってしまったようだ。

青山にある輸入家具とインテリアの店に出向くと、年配のスタッフが丁重に迎えてくれた。

「店長の矢野《やの》でございます。ご連絡をいただき、ありがとうございました。一条さまにはいつもご贔屓《ひいき》いただいております」

基本的に匡隆の希望に沿うようにするつもりでいたので、ついて回るだけのつもりが、たびたび匡隆に意見を求められ、紅葉は頭を悩ませた。原因のひとつは、どの家具も驚くほど高額なことで、紅葉には気軽に「これにしましょう」と言えなかったのだ。

「あのね、紅葉。金輪際、プライスカードは見ないで、いいと思うかどうかを基準にしてほしい。俺が寛げる家をコーディネートするんだと思って』

匡隆にそう言われて、ようやくリビングとダイニング、匡隆の書斎の家具選びが完了した。あとは紅葉の個室だから、気が楽になりほっとする。

部屋にはウォークインクローゼットがついているので、ドレッサーとチェスト、あとはカウチソファでもあれば充分だ。

「奥さまのお部屋ですと、ドレッサー、整理箪笥《たんす》——あ、クローゼットがおありですか？　では、チェストでよろしいでしょうか。ライティングデスクはどうなさいます？　パソコンが載る程度のものが人気ですが。そうそう、ベッドは——」

「寝室は一緒だ」

なぜか匡隆は胸を張って答える。

「畏《かしこ》まりました。失礼ですが、広さはどれくらい——あ、ではティーテーブルとチェアくらいなら余裕ですね。もしくはカウチソファとか。女性向けですと、あちらに——」

個室でもそんなに選ぶのかと、途中で紅葉の頭はパンクしそうになってきたけれど、ここで投げ出すわけにはいかない。匡隆に任せたら、大変なことになるのが目に見えている。紅葉的に分相応と思える家具を選ばなくては。

どうせ自分の部屋にいるのなんて、身支度のときくらいでしょ。ドレッサーだけで充分——うん、それも不要かも。なんならお化粧なんて、洗面所でもできるし。

実際、新居にはバスルーム続きで、ゆったりしたパウダールームが備わる。水回りとは仕切られて、そっくりそのままドレッサーとして使用できそうなスペースだ。

「こちらがドレッサーです。お気に召すものがあればよろしいのですが」

矢野の案内で向かったコーナーには、さまざまなドレッサーが展示されていた。店の主力が海外のデザイナー家具なので、スタイリッシュなものが多い。しかし、どうも自分の柄ではないなと思う。無理していますます感が出てしまうような。

「どうだ？」

匡隆に訊ねられて、紅葉は返事に迷いながら答えた。

「あー……リビングと雰囲気を合わせたほうがいいのかしら……」

リビングのソファは座り心地を優先した結果、イタリアのデザイナーのものにしたので、それに合わせて全体的に今風だ。

「そんなことは気にするな。きみの部屋まで入る客はまずいないだろう。きみがひとりの時間を寛いで過ごせるものを選べばいい」

それなら店選びからして違っている、なんてことは言えるはずもなく、紅葉はぶらぶらとドレッサーを見て歩いた。

「クラシカルなものがお好みでしたら、そちらに。その向こうはアンティークになります」

木材にレリーフや塗りを施したものも、重厚感がありすぎて今ひとつピンとこない。というか、敬遠したくなる。

匡隆と矢野の視線を背後に感じて、紅葉は次第に焦ってきた。迷っている時間はない。というか迷っている間に、匡隆にどれかを勧められてしまうのが怖いのだ。好みの問題ではなく、きっと高価なものをチョイスするから。

改めてあたりを見回した紅葉は、ふと一か所に目を止めた。まっすぐそちらへ進んで、正面から眺める。

円形の鏡が二本の脚で台座につけてあり、本体部分は直線的にまとめられて、両袖デスクのような雰囲気だ。しかし抽斗《ひきだし》は二段までで脚がついているので、重たい感じはない。天板には大理石のタイルがはめ込まれていて、飴色の木材との対比が美しい。

スツールも揃いのシンプルなデザインで、座面は小花模様の布張りだ。

紅葉がじっと見つめていると、矢野が口を開いた。

「いかがですか？　十九世紀初めの英国アンティークですが、とても状態がいいものです。リペアを済ませて、先週から展示したところで――」

紅葉は抽斗の取っ手にそっと触れた。真鍮《しんちゅう》の輪の重みが心地いい。

「気に入ったみたいだな。どう？　これに決める？」

匡隆の声に振り返った紅葉は、思わず頷いていた。

その後、雰囲気を合わせたL字型のカウチソファとチェストを、匡隆と相談しながら選んだ。

買い物を終えてパーキングに向かおうとすると、匡隆に手を掴まれた。

「デートらしいこともしていこうか？」

「はい……」

紅葉も匡隆の手を握り返して、表参道の雑踏を並んで歩く。すれ違う女性が匡隆に目を止めるのはいつものことだけれど、今はもうあまり気にならなくなった。匡隆の視線が進行方向や並び立つ店のショーウィンドウよりも、紅葉に向いているほうが多いせいもあるかもしれない。

「いい買い物をしたな」

「そうですか？　見た瞬間、これがいい、と思ってしまって」

「選ぶならそれがいちばんだよ」

「でも、矢野さんはあまり勧めてきませんでしたね」

単純に彼の好みがデザイナー家具なのかもしれないし、アンティークは不具合などの修理がむずかしいこともあるのかもしれない。

「値段のせいじゃないか？　ほら、最初に彼が勧めたデザイナーのドレッサー、あれ二台分以上だったから」

「そんなに⁉」

思わず叫んでしまい、周囲の視線が集まる。紅葉はそれにもわたわたしながら、匡隆の袖を引っ張った。

「どうして先に言ってくれなかったんですか！　そうと知っていれば――」

「買わなかっただろう？　だからだよ」

匡隆はそう言って、紅葉の手を叩いた。

「きみが買い物で、これが欲しいって強く意思表示することなんて、めったにないからな。俺としては買わないなんて選択肢はなかった。むしろ喜んで、だ。それにきみは目が高い。いいことだ」

「そんな……欲しいものは欲しいって言います」

「俺とか？」

顔を覗き込まれ、紅葉は答えに詰まった。匡隆はしばらく紅葉の顔を見ていたが、切り替えるように手を叩いた。

「さて、それならなにか見ようか」

「えっ、いいえ、けっこうです」

「そんなこと言わないで。それとも銀座でなきゃ欲しいものなんてない？」

「そんなこと言ってません！」

「うん、じゃあ行こう」

なにが「うん」なのか、どうしてそうなるのか、紅葉にはわからないけれど、匡隆は意気揚々と歩を進めた。それでも、隣でご機嫌な横顔を見せてくれるのは嬉しくて、これ以上拒めない。頑《かたく》なだと思われるのも不本意だ。

こういうことも、いつかうまく躱《かわ》せるようになるのかな……。

紅葉ごときが匡隆を操るなんて、一生かかっても無理な気がする。

以前は古いアパートが建っていたという場所にできた複合施設のビルに入ると、匡隆は迷わず高級ジュエリーの店を目指した。

「えっ⁉　そっちですか？　もう指輪は買ってもらいました、ほら！」

紅葉が左手を見せながら訴えても、匡隆はどこ吹く風た。

「だってきみ、今度うちのお袋とオペラを観に行くって言ってただろう。あの人は、ここぞってときは気合い入るよ。負けられないじゃないか。いや、すでに勝ってるけどね、俺のジャッジでは」

「なら、いいじゃありませんか。それに、オペラ用のドレスならもう用意してあります」

「うん、あのベルベットのやつ、よく似合ってた。でもちょっとデコルテが寂《さび》しいかなって気がしなくもない。いや、きみ自身が輝いてるけど。眩《まぶ》しいほど」

紅葉を褒めつつも、買い物はするという強固な意志が窺えて、紅葉は半ば諦めの境地だ。

「……でも今日は、すてきなドレッサーを買ってもらいましたし、それでもう私は満足なんですけど……」

「ドレッサーを担いでオペラには行けないだろう。まあまあ、ここで買い物をして大満足になろうじゃないか」

あ、しまった、「大」をつけ忘れたか……。

さすがに生まれながらのセレブというか、高級店であればあるほど、匡隆の立ち居振る舞いと醸《かも》し出す雰囲気から、本物の買い物客と察するらしく、入店してすぐにスタッフが近づいてくる。

「いらっしゃいませ。本日はなにかお探しでしょうか?」

「ああ、彼女のネックレスを」

「ありがとうございます。こちらでございます」

ショーケースにずらりと並んだネックレスを、匡隆は真剣な表情で吟味しているが、紅葉は眩しくて目に入らない。

「これとこれ……ああ、そっちのも見せてもらおう」

「畏まりました。あちらのソファへどうぞ」

商談スペース的な場所へ案内されてほどなくすると、むき出しのネックレスたちがケースに載せられて登場した。

これ、全部ダイヤなの……? ああ、そんな……首の後ろなんて見えないのに……。

なんなら身に着けてしまえば、紅葉自身にはなにも見えないだろう。まさに自己満足の世界。

「……匡隆さん、お義母さまより派手にするわけにはいきません。もっと控えめなものを」

紅葉が囁くと、匡隆は顔を近づけて囁きを返す。

「そんなこと気にしなくていいのに。しかし、気づかいありがとう。というか、これは気に入らないんだな？」

「そそそういうわけでは……」

スタッフの反応を気にして、紅葉は両手を振った。

「お若いので、もう少しシンプルでもいいかもしれませんね。あとはお好みですので――」

そう言って、新たなネックレスを運んできてくれた。

マーキースカットのダイヤモンドが連なった、ラリエットデザインのネックレスは、シンプルながら存在感もある。紅葉が見つめているのに気づいて、匡隆は試着を勧めた。

スタッフに装着してもらい、鏡を覗くと、デコルテとネックレスのボリュームのバランスがいいと我ながら思った。

「決まりだな」

横から見ていた匡隆がそう言ったので、紅葉は慌てる。

「もう少し考えてから決めたほうが――」

「なにを言う。タイミング的に今がラストチャンスだろう。いつごろ納品になるかな？」

「はい、このサイズのままでしたら……一週間以内に。入荷次第ご連絡いたします」

匡隆は頷いてカードを差し出した。

今日だけでいくら使わせてしまったんだろう……いやいや、そう思っちゃいけない。

その場にいると気になってしまうけれど、匡隆は紅葉の喜ぶ顔が見たくて買ってくれるのだ。

それに紅葉はすでに匡隆の妻であり、いずれは一条製薬の社長夫人となるわけで、それ相応の装いをすることが、匡隆や義両親の顔を立てることにもなる。

それに……きれいなものを身に着けられるのは、やっぱり嬉しいし。ううん、それを見て匡隆さんが褒めてくれるのが、いちばん嬉しい。

ネックレスが届くのがだんだん楽しみになってきて、店を出た紅葉がショーウィンドウを振り返ると、匡隆が同じように背後を見た。

「なに？　イヤリングもセットで揃えたほうがよかった？」

「いいえ、それはまた次の機会に……すてきなネックレスをありがとうございました。届いたらドレスと合わせてみるので、見てくださいね」

紅葉のほうから腕を組むと、匡隆は紅葉の頭に頬を寄せた。


それからも、幸せを絵に描いたような日々だった。いや、世間的に見ればこれまでの生活も、若い女性として憧れの結婚生活だっただろう。しかし今は、なんの憂《うれ》いもなく本当に幸せだ。

匡隆のほうは、本人曰く「知的なおとなで包容力と落ち着きがあり、頼もしく、上品なセレブ」を一生演じる気でいたが、素の自分をさらけ出しても、紅葉が「意外です」と感想を述べるくらいで、態度にあまり変化がなかったため、一気に年相応のラフな若者になった。気楽なのか、以前より表情が柔らかい。

いちばん大きな変化は、匡隆が甘えるそぶりを見せるようになったことだ。食事中に口を開けて、紅葉から口に運ぶのをねだったり、並んでソファに座って寛いでいるときに、膝に頭を乗せてきたり、というような些細なことだけれど、ひたすら頼りになる夫ぶりを見てきた紅葉としては、自分が彼を癒したり安らぎを与えたりできることが嬉しい。

夫婦なんだもの、支え合えたらすてきよね。他に甘えるって言うと……まあ、ほとんどエッチ絡みになっちゃうか……。

甘えつつエロいリクエストをしてくるので、その場の雰囲気と紅葉自身の状況で、いいように操られている感がなくもない。もちろん本気で嫌がることはしないから、結果として行為のスパイスになっている。

その日、帰宅した匡隆を、玄関フロアに迎えに出た紅葉は、スマートフォンの画像を見せた。

「ん？　ああ、原田《はらだ》さんの孫か」

「そう、日葵《ひまり》ちゃん。もうお食い初めですって。あっという間ですね」

匡隆と相談の結果、とりあえずマンションにいる間は、ハウスキーパーの手を借りずに紅葉が家事をすることにした。現時点での結論なので、状況が変わればその都度考える。たとえば――

紅葉が妊娠するとか。

匡隆の目が愛おしいものを見るようにスマートフォンの画面に向けられているのを見て、紅葉も微笑んだ。

「いつか、うちも授かるといいですね」

「ん？　うーん、そうだな……」

ちらりと紅葉を見た匡隆は、スーツの上着を脱ぐ。スマートフォンをエプロンのポケットにしまって、上着を受け取りながら、紅葉は前を歩く匡隆に首を傾げた。

「赤ちゃん、嫌いじゃないですよね？」

以前の紅葉ならこんなふうに訊けず、ひとりであれこれ想像しただろうが、今はすぐに確認するようにしている。言葉にして伝えたり、確かめたりするのは大切だと、身をもって知ったからだ。

しかし匡隆は曖昧《あいまい》に頷くだけで、リビングから階段を上って、寝室へ向かった。

あれ……？

入籍して一緒に暮らし始めて、早三か月。その間、避妊はしてこなかったが、まだ妊娠の兆《きざ》しはない。互いにブライダルチェックで問題がなかったので、今のところ心配はしていないけれど、逆に子どもができたら、匡隆はどんな反応をするのだろう。

匡隆が部屋着に着替えても、紅葉は洗濯物を手にしたまま立ち尽くしていた。

「ちょっと座って」

背中を押されてソファに座った紅葉の隣に、匡隆も腰を下ろす。身体ごと紅葉のほうを向いて、窺うように見つめてきた。

「これはまだ白状してなかったことだけど――」

白状とは穏やかではないなと思いながらも、紅葉は無言で聞いていた。

「俺はきみがしかたなく結婚してくれたんだと思ってたから、できるだけ好かれようと、あれこれ手を尽くした。それと並行して、子どもができてしまえば、一気に距離も縮まるって言うか、俺から離れることはなくなるんじゃないかと――」

つまり避妊せずにことに励んでいたのは、紅葉を繋ぎ止める鎹《かすがい》にするために妊娠を望んでいたから――。

「すまない！」

匡隆は深々と頭を下げた。

「えっ、……いえ……」

「きみの意思も確かめずに、自分の気持ちばかり優先して……反省してる」

これが無理やり結婚させられて、逃げ道を封じる意味で妊娠させられそうになったという話なら、憤って当然のところなのだろう。

しかし紅葉は政略結婚と承知の上で嫁いだのであって、そこには跡継ぎを成すことも含まれている。避妊しないことに疑問はなかった。ただ、来年の式披露宴と被ったらどうなるのだろうということが頭をよぎりはしたけれど。

それに紅葉は結婚前から匡隆に恋していたので、告白を聞いてもそんなに愛されていたのだと、嬉しくなるだけだ。

「気にしないでください。匡隆さんがそのくらい私を愛してくれていたから、今があるんだと思います」

本当に？　というように眉を寄せる匡隆の頬を、紅葉は両手で包んで、触れるだけのキスをした。とたんに匡隆は相好《そうごう》を崩して息をつく。

「よかった……ずっと引っかかってて、もやもやしてたんだ。でも幻滅されたらと思うと、打ち明ける勇気がなかった」

「さっきまで黙ってたのは、それが理由だったんですね。赤ちゃんを嫌いじゃなくてよかったです」

「特に好きというわけでもないけど、俺たちの子なら大歓迎だ。目に入れても痛くないって、今から想像がつく」

「そんなことないでしょう？　とても優しい顔で写真を見てましたよ」

「だからあれを見て、俺たちの子どもを想像してたんだよ。原田さんの孫だから可愛いとは思うけど、会いたいとか抱っこしたいとかは、特にないな。でも、自分たちの子は別」

匡隆が腹に触れてきたので、紅葉は笑った。

「残念ながら、まだお腹の中には誰もいません」

「いや、勝手なことを言うようだけど、当分はふたりきりの生活がいい。片想い期間が長かった分、思いきりイチャイチャしたいじゃないか」

そう言われて、たしかにもう少し新婚生活を楽しみたいと思った。

「じゃあ、避妊したほうがいいですか？　病院で相談して――」

ふたりの問題なのだから、匡隆だけに任せるのも申しわけない。ブライダルチェックの際に聞いたのだが、女性主体の避妊方法も負担が少ないものが登場しているらしい。

「いやいや、なに言ってるんだ」

匡隆は即座に否定した。

「きみはなにもしなくていい。ダメージがゼロってことはないんだから」

「でも……匡隆さんだけにというわけにも――」

「俺もしないけどね」

「は？」

匡隆はソファの背もたれに腕を乗せ、脚を組んだ。そして紅葉の手を掴んで、軽く振る。

「自然に任せればいいじゃないか。妊娠すれば、それはそれでめでたいことだ。いざそうなったら、これまで以上にきみを大事にする自分が目に浮かぶよ」

楽天的というか、成り行き任せというか、緻密な人生設計を立てていそうなイメージが、またしても覆《くつがえ》された。しかしそのくらい緩いほうが、紅葉も気が楽だ。そしてどんなことがあっても、いざというときには頼りになる力を発揮してくれると、確信している。

「わかりました。あ、でも式披露宴とバッティングしたらどうしましょう？」

匡隆は、なんでもないというようにかぶりを振った。

「そんなもの、式のほうをずらすに決まってるじゃないか」

その後、階下に降りて夕食を取った。暑い日が続いているので、ざるそばとてんぷらにしたところ、匡隆は喜んで食べてくれた。

「実は昼も天ざるだったんだ」

食後にそう言われたときは、紅葉は焦って謝ったのだが、

「家で揚げたてのてんぷらなんて、久しく食べたことがないよ。最高だった。昼メシの味なんて忘れたね」

と、まったく気にしていない様子だ。それでも紅葉が、

「これから夕食のメニューは、お出かけのときに伝えるようにしますね」

と言うと、首を振った。

「被るのもまた楽しいじゃないか」

……こういうフォローをしてくれるところも好きだなあ……。

匡隆が入浴中に、紅葉のスマートフォンに着信があった。兄の青樹《せいじゅ》からで、珍しいこともあるものだと思いながら、【応答】をタッチする。

『おまえの旦那が薬草園を丸ごと買い取ったぞ』

「えっ？　どういうこと？」

寝耳に水の話で、紅葉は慌てて詳細を訊ねた。

事前に話はあったそうだが、一昨日、匡隆が直接真室家を訪れて、薬草園を譲り受けたいと申し入れたという。現状保存、希望があれば管理もこのまま真室家に任せるという条件を提示され、ひと晩家族会議をした結果、同意することにした。

『で、昨日さっそく代理人が来て、契約完了。手際がいいねー。ていうか、おまえがおねだりしたんじゃなかったのか？』

「全然……初めて聞いた。まだ匡隆さんはなにも言ってこないよ」

『あらら、サプライズのつもりだったのかな？　知らんふりしとけよ。じゃ――』

兄との電話を切った後も、紅葉は呆然《ぼうぜん》としていた。

薬草園を、買い取った……？

たしかに顔合わせに出向くとき、そんな算段が頭をよぎったのは事実だ。政略結婚だというなら、それくらいのおねだりも叶えてくれるかもしれない、と。

しかし結婚相手が匡隆に変わったり、予定よりもずっと早く入籍して一緒に暮らし始めたりと、慌ただしく過ぎていく毎日に、そんなことはすっかり忘れていた。初めての恋に舞い上がっていたから、なおさらだ。

先日、実家を訪れた際に薬草園にも立ち寄り、そこでちらりと現状を話題にしたけれど、他意はなかったのだ。匡隆になんとかしてほしいと、思いもしなかった。

「出たよ。きみもどうぞ」

湯上がりの匡隆がリビングにやってきて、まだスマートフォンを握ったままの紅葉に目を止めた。

「どうかしたのか？」

「いえ……あの――」

匡隆から聞くまで知らないふりをしていろと兄には言われたけれど、それはいつまでだろう。それまで待っていられない。なんでも言葉にすると決めたのだ。黙っていてよかったことなど、これまでもなかった。

「……兄から、電話があって……」

それを聞いた匡隆は目を見開き、ため息をついた。

「ということは、薬草園の話を聞いたな？　これから話すつもりだったのに」

匡隆はソファに腰を下ろして、紅葉にも横に座るように示した。

「急にどうしたんですか？」

「どうって、手放すかもしれないって言ってただろう。あの薬草園は、きみを意識することになった思い出の場所だしね。加えて、お互いの気持ちを確かめ合った場所にもなった。できることなら、あのまま残しておきたいと思うだろう。きみだって、そう願ってたじゃないか」

「それは……そのとおりですけど……でも、匡隆さんに買ってもらうなんて……それだけじゃ済みません。いえ、買うこと自体、大金なんですけど、これから税金とか……ただ草木が生えているだけの土地で、なんの収益も見込めないのに……」

薬草園を残せる可能性が高くなったことは嬉しいけれど、それ以上に申しわけない気持ちが強い。家具やジュエリーを買ってもらうのとは違うのだ。匡隆に散財させてしまうし、義父母だって話を聞いたらどう思うか。

匡隆は紅葉の頭を撫でた。目を上げると、苦笑している。

「こう見えても、俺はけっこう金持ちなんだよ？」

「それは……知ってます。一条家の直系ですし」

「そっちは将来的な財産だな。今、言ってるのは、俺の個人的な資産ね。株をやってるって聞いてるだろう？　そっちでかなりいい結果を出してるから、このくらいはどうってことないんだよ。俺が金を出したことに気が咎《とが》めてるなら、心配は無用だ。だから単純に、薬草園が存続することについて、きみがどう思ってるか知りたいな」

微笑みに変わった匡隆の表情を見ながら、紅葉は正直に答えた。

「……嬉しいです、とても」

「そうだろう。俺もあの場所を残せて満足だ。いずれ、子どものいい遊び場にもなるよ。ああ、その前に通路を直したほうがいいかもしれないな。高確率で泥だらけだ。まあ、擦り傷くらいなら、その場にいい薬があるけど」

そんな未来のことまで考えて、匡隆が薬草園を買い取ってくれたと知って、紅葉は心から嬉しくなった。

「ありがとうございます、あの場所を残してくれて」

「うん、今まででいちばん喜ばれたプレゼントみたいだな。よかったよ」

「私、ちゃんと手入れに通いますね。いつか家族で過ごせる、すてきな場所になるように」

匡隆は紅葉を抱き寄せて、頬にキスをした。

「楽しみにしてるよ。でもあまり根を詰めないように」

「もちろん、家のことや匡隆さんのお世話を疎《おろそ》かにはしません」

はっとしてかぶりを振った紅葉に、匡隆は「いや、そうじゃなくて」と言い淀《よど》む。

「あ、私の身体を気づかってくれたんですか？　それもだいじょうぶです。健康なのが取り柄ですから」

「うん、それも気をつけてほしいけど……いや、これまでを教訓に、はっきり口にしたほうがいいんだろうな」

匡隆は独り言のように呟いて頷くと、紅葉をじっと見つめた。

「俺が嫉妬したり拗《す》ねたりしないように、ふたりの時間もキープしてほしい」

紅葉は目を瞠ってから、匡隆の胸に額を押し当てる。

「そんなの……最優先するに決まってるじゃないですか」

6

匡隆《まさたか》の行動力はさすがで、数日すると薬草園の敷地を取り囲んでいたフェンスを、人の背丈よりずっと高い鉄柵に取り換えた。細くて圧迫感はないが頑丈で、これまで一部穴が空《あ》いていたところを急ごしらえで補修していたのとは雲泥の差だ。ゲートも幅を広くして、横にスライドする同様の柵を設置した。

この際だからなんなりとリクエストを聞くと言われたので、紅葉《くれは》はハーブの栽培をしたいと打ち明けた。小振りな鉢植えを作って小売りできれば、多少なりとも薬草園の存在価値ができるのではないだろうか。

『それなら、ハーブティーやハーブサシェも作れるんじゃないか？　女子は好きだろう、そういうの。まあ、全部が全部自家製じゃなくてもいいだろうし、小物とか。ゆくゆくはカフェなんかを併設するのもアリだな』

匡隆から次々にアイディアが飛び出して、それを想像して紅葉は楽しくなった。

後々の改造を考慮して、元の雰囲気を残しつつ薬草園内を整理しながら、まずはゲート近くにハーブ畑を作った。紅葉は週に二度ほど、匡隆を送り出してから横浜へ向かい、手入れをしている。

「時期的にちょっと遅いかと思ったんですけど、試しに蒔《ま》いてみたら、けっこう芽が出て。しかも成長が速いんですよ。見るたびに、ふた回りくらい大きくなってるんです」

夕食の席で、紅葉は今日の薬草園の様子を、匡隆に報告した。

今日のメニューは、ガッツリ肉が食べたいという匡隆のリクエストで、シャリアピンステーキだ。昨日、松濤《しょうとう》の一条《いちじょう》家を訪れた際に、お裾分けだとヒレ肉をもらったので、ちょうどよかった。

薬草園行きの許可をもらっているので、家事は今まで以上にこなすようにしている。費《つい》やす時間は減っているはずだが、手際がよくなったのか、逆に余裕ができるようになった。やはりなにかしら目的があると、作業も張り合いが出るものらしい。

紅葉の話に頷《うなず》いた匡隆は、ふいに顔を覗き込んできた。

「一生懸命なのはけっこうだけど、顔が赤いよ？　日焼けしたんじゃないか？」

「うっ……」

紅葉はカトラリーを置いて、隠すように頬に手を当てた。触れると、ちょっとひりひりする。作業中はつばの広い帽子を被って、首もスカーフで覆っているのだが、気温のせいで、休憩時に帽子やスカーフを外すと、ついそのままでいてしまう。

奥さんが野良仕事で日焼けするなんて、一条家的にはきっとよくないわよね……ていうか、匡隆さんのタイプじゃないかも……。

「……あの、ちゃんとお手入れしておくので、すぐに赤みは消えると思います。なんなら明日に

「でも、エステでケアを――」

「ああ、それはきみのやり方に任せるけど、熱中症とかに気をつけて。頭痛くない？」

すっと伸びた手が額に触れて、紅葉はどきりとした。

「ん……？　熱いような……」

「ちっ、違います！　匡隆さんが触ったから――」

慌てて否定する紅葉に、匡隆はニヤリとする。

「そうだった。きみは俺が触ると、すぐに熱くなってくれる」

「もう、そういうことを言わないで！」

翌日、紅葉はエステサロンに予約を入れ、顔と手を中心とした肌ケアと、全身のマッサージをしてもらった。週末に匡隆と茶会に招かれているのだ。

亭主は義母の茶道の師匠で、義母も同席する。非公式ではあるけれど、一条家の嫁として義母や匡隆に恥をかかせられない。

紅葉は花嫁修業の一環として茶道の稽古もしていたが、匡隆はどうなのだろうと訊《たず》ねたところ、数年の経験があるという。

『部活で合気道をやってたんだ。それなら茶道も嗜《たしな》んでおけって、お袋に言われてね。どういう理屈なんだか。まあ覚えておけば、なにかの役には立つだろうと』

義母の采配で、当日は原田《はらだ》がマンションに来てくれて、着付けをしてくれた。着付けも習いはしたが、やはり自分で着るのはまだ心もとない。特に帯を締めるのはひと苦労だから、義母の心づかいがありがたかった。

秋の七草の柄が入った付下げをまとった紅葉を見て、匡隆は上機嫌だった。

「いいな。やっぱり紅葉は着物が似合う。顔合わせのときも、しばらく見惚《みほ》れてぼーっとしてたよ。もう振袖が着られないのは惜しいな」

「そんなに褒めないで。恥ずかしい……」

というか、紅葉のほうこそ、匡隆に見惚れていた。ダークスーツに渋い灰緑の小紋柄のネクタイを合わせ、正統派の装いだ。スーツ姿なんて毎日のように見ているのに、いまだにときめいてしまう。

匡隆の運転する車で、日本橋のホテル内にある茶室に向かった。元財閥家ゆかりの庵《いおり》を、そのままホテルの庭園に移築したという茶室は、周囲の雰囲気も相まって、都会のど真ん中にいるとは思えないほどだ。

「紅葉さん、待ちかねたわ。まあ、すてきなお着物！　よくお似合いよ」

ロビーで師匠らしき袴姿の年配の男性と談笑していた義母は、紅葉と匡隆に気づくや否や、嬉しそうな笑顔を見せた。

「愚息とその嫁ですの。こちらが古城《こじょう》先生」

きわめて簡潔な紹介に続き、匡隆もまた名乗るだけの挨拶《あいさつ》をする。紅葉は迷いつつも頭を下げた。

「一条紅葉でございます。本日はよろしくお願いいたします」

「これは美しい奥方ですな。一条さんも見せびらかしたいわけだ。こちらこそよろしくお願いしますよ」

「そうでしょう。息子なんて、終始にやけっぱなしで」

茶会は特に大きなミスもなく終了した。特筆することがあるとすれば、匡隆の所作がとても美しかった。横に並んでいたので、じっくり見たわけではないけれど、すっと差し出した手が茶碗を掴むところも、お辞儀をする背中のラインも目を引いた。

小一時間ほどの茶会を終えると、師匠の古城は同業者との集まりがあるとかで、急ぎ足でタクシーに乗り込んだ。

「じゃあ、俺たちも失礼するよ」

師匠を乗せたタクシーが走り去るや、匡隆も駐車場へ向かおうとするのを、「お待ちなさいよ」と義母が引き止めた。

「これだけってないでしょう。紅葉さんと一緒のところを、もっと見てほしいわ」

「誰にだよ？」

「ああら、あなたこそ、ロビーに入ってきたときなんて、すごく得意げだったわよ。我が妻を見てください、って言わんばかりに」

「そりゃあ自慢の妻だから」

臆面もなく言いきる匡隆に、義母は「あらそう」と素っ気なく、紅葉に笑いかけた。

「ここのティールームのアフタヌーンティーはすてきなのよ。紅葉さんとご一緒したかったの。

行きましょう」

「あ……え、はい……」

義母に腕を取られて振り返ると、匡隆が諦めたようにため息をつきながら頷いていた。

義母の言葉どおり、アフタヌーンティーは評判らしく、年齢はさまざまな女子グループの客が多かった。

三段のケーキスタンドには、サンドイッチやスコーンの他に、洋ナシや柿、栗を使ったケーキやムースが、色とりどりの宝石のように並んでいて、紅葉は思わず声を上げてしまった。

「きれい！　美味しそう……」

「よかったわ。こういうのは女同士で楽しみたいわよね」

「紅葉が焼いたケーキのほうが美味い」

しばらくはアフタヌーンティーを楽しみながら、茶会の感想や薬草園のハーブを話題にしていたが、二杯目の紅茶を注いだところで、それまで黙々とケーキスタンドを空《から》にしていた匡隆が口を開いた。

「それで？　なにか話があるんだろう？」

義母は一瞬固まり、ふっと眉を寄せた。

「……ええ、そうね。ちょっと迷ったんだけど、一応あなたたちの耳にも入れておいたほうがいいかと思って」

悩ましげな表情のまま紅茶をひと口飲んでから、意を決したように匡隆と紅葉を見る。

「先日、お使いに出た河野《こうの》さんが、祥晃《よしあき》を見かけたって」

河野というのは、一条家のハウスキーパーのひとりだ。

「……どこで？」

俄《にわか》に匡隆の表情が険しくなるのを、紅葉はハラハラしながら見守った。

「渋谷のデパートの帰りだから、駅近くじゃないかしら。もしかしたら、家まで来たのかも。でもその日は他にも人がいたから、入ってくれば気がついたはずなのよね」

「出ていったきり、連絡はないんだろう？」

匡隆の問いに、義母はかぶりを振った。

「少なくとも私には。その口ぶりだと、あなたにもないんでしょう？　でも、とてもじゃないけれど、お父さんには連絡できないわよね。まったく、なにをしているやら……河野さんは濁《にご》していたけど、あまりいい様子じゃなかったみたいだわ」

義母が泣き出しそうな顔でため息をついたので、紅葉は慰めたいと思ったが、なんと言葉をかければいいのかわからない。

「自分のものはほとんど持ち出したって聞いてる。マンションの賃貸契約も解除したって。あのバカ高い家賃を払わないなら、そこそこの金は持ってるはずだろう？　いや、贅沢暮らしをすぐに改められるわけがないか」

「謝ってくれれば、お父さんだって悪いようにはしないのに……せめて私に連絡してくれれば……どこで育て方を間違えたのかしら……」

そこで義母ははっとしたように、紅葉に目を向けた。

「ごめんなさいね、嫌な話を聞かせて。そういうことだから、あなたたちも気をつけてほしいの。もし連絡があったら、知らせてちょうだい」

頷く紅葉の隣で、匡隆は肩を竦《すく》めた。

「今、どんな暮らしをしてようと、プライドだけは相変わらずだと思うよ。俺のところになんか来るもんか。押しかけてきても、うちのマンションはセキュリティ万全だから、ロビー止まりだよ」

ストレスが溜まったから買い物をしていくという義母と別れて、紅葉と匡隆は車に乗り込んだ。祥晃について話すことはほとんどなかったので、紅葉は彼の現状をなにも知らない。しかしそれは、一条家もほぼ同様だったようだ。

仕事だけでなく家族の縁も切ったそうだから、祥晃がどこでどうしていようと関知しないということなのかもしれないが、それでも本音と建て前はあるだろう。特に義母は、祥晃が心配でたまらないようだ。

「……お義母さま、おつらいでしょうね……」

「それでも、会社を裏切るのは許せることじゃない。あいつは、うちに勤める社員全員の人生を脅《おびや》かしたんだ。きみとのことがなかったとしても、俺はあいつを告発したと思う」

匡隆がそう言うのなら、紅葉は彼の意向に従うまでだ。家族の情が薄いわけではないのだと思う。それ以上に、大勢の他人の人生を預かる企業を統《す》べる立場を、匡隆はすでに見据えているのだろう。

いずれは社長だとか、仕事中の姿がカッコいいとか、そんな表面的なことしか見ていなかったことを、紅葉は恥じて反省した。

この先、匡隆はとても責任が重い立場に就こうとしている。その彼を全力で支えなければならない。

……ううん、そうしたいと思う。


その日は祝日だった。

いつもなら薬草園へ行く曜日だったが、匡隆と過ごそうと思い、相談して紅葉が会員になっている乗馬クラブへ行くと決めた。

しかし前日帰宅した匡隆が、残念そうに謝ってきた。

『午前中、どうしても人と会わなきゃならなくなった。ドイツ人で、日本の祝日に合わせて働いていない、とか言ってね』

そういうことなら、ぜひそちらを優先してほしい、むしろ当然だと紅葉は答えたのだけれど、匡隆は諦《あきら》められないらしく、午後からでも行こうと提案してきた。

『出先から直接迎えに行くから、きみはいつもどおり薬草園へ行くといいよ』

その言葉に甘えて、紅葉は横浜へ向かった。匡隆から母宛にワインとオリーブの瓶詰を託されたので、先に実家に寄った。

迎えに出た母に土産を渡してリビングに行くと、やはりというかなんというか、父と兄の姿はない。

「私の周りの男性陣は、本当に仕事熱心だわ」

「慣れればそのほうが気楽よ。まあ、オーパス・ワン！　すごいじゃない！　初めて見たわ！」

赤ワインに頬擦りする母を見て、紅葉は首を傾げた。

「カリフォルニアワインって言ってたけど、そんなにすごいの？　フランスやイタリアのワインより？」

母はチチチと舌を鳴らして、人差し指を振る。

「なに、そのジェスチャー」

「下戸《げこ》に言ってもわからないだろうけど、カリフォルニアワインはばかにできないわよ。世界的な富豪が作ってるんだから」

「どういう理屈？　それに下戸じゃないよ。ちょっと弱いだけ」

しかし匡隆チョイスのワインだから、特別なものだろうと想像がつく。

母は、最近飲んだワインはどうだったとか、甲府のワイナリーもなかなか侮《あなど》れない、ツアーも開催しているようだとか、とりとめのないことをひとしきり喋《しゃべ》りまくった。

お母さん、こんなにお喋りだったっけ……？

紅葉が嫁いでから、話し相手に飢《う》えていたのかもしれない。なにしろあの父と兄だから、興味がないことには愛想程度の相槌《あいづち》も打たないだろう。

「……仲よくやってるみたいね」

ふいに言われて、紅葉は微笑む母の顔を見上げた。

「……うん。匡隆さんと結婚できてよかったと思ってる。幸せだよ」

母は自分のことのように嬉しそうな顔をした。

「これからもっと幸せになるわよ」

近所の人の車に同乗して、十キロほど離れた場所に最近オープンしたという倉庫型スーパーマーケットへ行くという母と一緒に、紅葉は実家を出た。

「匡隆さんが来るなら、帰りに家にも寄りなさいよ。お礼を言わなきゃ」

「あー、乗馬クラブに行くの。今度また改めて一緒に寄るよ」

母と別れて薬草園への道をてくてく歩いた。数日おきに訪れているのだが、高い鉄柵に囲まれた外観を目にするたびに、見違えてドキリとしてしまう。ハーブの寄せ植えなどが見えるので、有料の施設と思ってうろうろしている人もいると、母が言っていた。

……うん、いずれはそんなふうにできるといいな……。

鍵を開けて、ゲートを開く。ふだんは少しだけ開けておくか、解錠したまま閉じておくのだが、後で匡隆が車を乗り入れられるように、全開にしておいた。訪れる人がいたら、そのときはそのときだ。

石畳にした通路の落ち葉をざっと掃《は》きながら、今日の作業計画を立てる。イチョウの葉が、ずいぶんと色づいてきた。

お昼過ぎには終わるようにしたいから……うーん、種蒔きかな。カモミールとディルとチャービル——あ、キャラウェイの種を取り寄せてあったっけ。

ゲート近くのテントの下で、紅葉は長方形の浅い木箱をいくつか並べて、袋入りの培養土を敷き詰めると、そこに指先で穴を空《あ》けていった。種を数粒ずつ穴に落としてから、上から薄く土を被せる。

「これでよし、と……」

しゃがみ込んで俯いていたので、固まった身体を伸ばすように、立ち上がって両手を上げていると、小さな子どもの声がした。ゲートの向こうに、母子の姿が見える。子どもは二、三歳だろうか、可愛《かわい》らしい男の子だ。母親も若い。

「こんにちは」

紅葉が声をかけると、母親はほっとしたように笑顔になり、会釈《えしゃく》を返してきた。手を繋いだ子どもが、必死に引っ張ってこちらに入ってこようとしている。

「だめよ、リョウちゃん」

「よろしかったら、どうぞ。大したものはありませんが」

「え……でもお仕事中でしょう?」

「緩ーくやってますので、だいじょうぶです」

母子は敷地にそろりと足を踏み入れた。いや、リョウちゃんのほうは元気いっぱいで、あたりをきょろきょろ見回している。それでも母親の手を離さないので、きちんと躾《しつ》けられているようだ。

「お散歩ですか？」

「ええ、半年ほど前に引っ越してきたばかりで、最近はこの辺を毎日。空き地かなと思ってたんですけど、あっという間に立派な門ができて……なにかお店を開かれるんですか？　お花屋さん？」

その問いに、紅葉は曖昧《あいまい》に頷いた。

「いずれハーブのお店をしたいと思っているんですけど、まだまだ空想の段階です。ここはもともと薬草園なんですよ。ほら、向こうのほう、雑草に見えるかもしれませんが、昔からのさまざまな効能を持つ草木が植えられているんです」

紅葉は手近にあったセンブリのひと群れを示した。

「センブリって聞いたことありませんか？　これがそうです」

「あ、花が咲いてますね。可愛い」

ちょうど今が花盛りで、薄紫の筋が入った白い小さな花が咲いている。

「可愛らしいですけど、端も茎も葉っぱも全部、すっごく苦いんです。胃腸にいいと言われていますけど、飲むのもつらそうですよね」

「あ、おはなー！」

リョウちゃんが舌足らずな声を上げ、指さした方向には、ヒソップの寄せ植えの鉢があった。

ヒソップはミントのような香りのシソ科のハーブで、花は紫、ピンク、白がある。

紅葉は小振りの鉢を手に取って、持ち手のあるビニール袋に入れた。

「よろしかったら、どうぞ。お肉やお魚の匂い消しにも使えますけど、花の時期が長いので観賞用でもいいかと」

「えっ、いいんですか？　見学までさせてもらったのに……ありがとうございます。じゃあ、遠慮なく。リョウちゃん、お花をもらったよ。ありがとうして」

「ありがとー」

「どういたしまして。リョウちゃんはいくつ？」

「しゃんしゃい！」

そう言いながら、片手をパーに開くしぐさに、紅葉は笑ってしまった。

「可愛いですね。私も早く子どもが欲しいです」

「えっ、もう結婚してるんですか？」

紅葉が頷いて年齢を言うと、母親とは八つ違いだった。

「楽しいことも張り合いもたくさんですけど、今のうちに夫婦ふたりの生活を充分楽しんでください。薬草園も頑張って。ときどき見せてもらいに来ていいですか？」

「もちろんです」

最後に互いに名乗り合って、母子を見送った。

子どもがいるって、あんな感じなんだなあ……。

あの母親のように、自分が子どもと連れ立って歩いている姿は、まだ想像がつかない。匡隆も今は特に子どもを切望しているわけではなく、蜜月満喫派だ。

たしかに、妊娠したら乗馬なんて当分無理だよね。ていうか、生まれてもそれどころじゃないんじゃ……？

しかし、これまでと形は違っても、楽しめることはいろいろあるはずだ。子どもはいつまでも子どもではないし、逆に子育てに明け暮れる期間なんて、人生のごく一部だ。まして紅葉の場合は、いつでも双方の両親やハウスキーパーが手を貸してくれるだろう。もちろん匡隆だって、子煩悩な父親になりそうだ。

うわー……カッコいいパパだな。羨ましい、って、私の夫か。

ひとりでにやけてしまい、気を取り直して水撒きをしようと水道栓のほうへ向かう。これもまた、以前は敷地の対角に二か所しか水道の蛇口がなく、全部に水を撒くには、長くて重いホースを操りながらの重労働だった。撒き終わってみれば、ホースが薬草を押し倒しまくっていたこともたびたびだった。

通路や区画を整備した際に、水道管を地中に張り巡らせてくれたので、今では水を撒きたい場所の水道栓を捻《ひね》るだけで、スプリンクラーのように放水できて大助かりだ。

「うわ、ちょっ……」

ただ、もたもたしていると、こちらも水浸しになってしまう。長袖シャツの背中がびっしょりと濡れてしまい、張りつくそれを脱ごうと、まずは手袋を外していると、タイヤを軋《きし》ませてゲートに飛び込んでくる車があった。匡隆ではない。

な、なに……⁉

立ち尽くす紅葉の目に、車から降り立つ男が映った。

……祥晃……さん……？

すぐにそうとわからなかったのは、紅葉が知る祥晃とはあまりにも違っていたからだ。Tシャツにシャツを羽織り、下はサイズが合っていないデニム、妙に派手な色のスニーカー。肩近くまで伸びた髪はぼさぼさで、鼻先まで隠れていたが、その隙間から見える目はギラギラと血走っていた。無精ひげが伸び、不健康に頬がこけている。

あの洒落者《しゃれもの》がなぜこんな姿にと、紅葉は呆然《ぼうぜん》とした。

祥晃は紅葉を見てニヤリとすると、ゆっくりこちらに向かってきた。

「やっぱりそうか。久しぶりだな、紅葉。今、真室の家に行ったら留守で、空振りかと思ってたのに、期待しないでここに寄ったら、おまえに会えるなんてな」

「うちに……？　なにかご用ですか？」

紅葉はじりじりと後ずさりながらも、会話を繋いだ。そうしていなければ、よくないことになりそうな予感がしたのだ。

「なにって……慰謝料をもらわなきゃだろう？」

「慰謝料？」

祥晃は以前よく目にしたようなしぐさで肩を竦めた。

「俺との結婚を反故《ほご》にして、あいつに乗り換えたんだろう？　その精神的苦痛を金で解決してやろうと、わざわざ出向いてやったんだよ」

金に困っているらしいと聞いてはいたが、まさか紅葉の実家に押しかけるとは、予想していなかった。それも慰謝料を請求するつもりだなんて、祥晃の中でそれは整合性が取れている行動なのだろうか。

そんなになりふりかまわないほど……切羽詰《せっぱつ》まってるの……？

まずは匡隆か義母に連絡が取れればいいのだが、あいにくスマートフォンは手元にない。匡隆が早く来てくれないだろうかと、紅葉は少しでも時間を稼ごうとした。

「……祥晃さん……今までどこにいたんですか？」

「どこって、いろいろだよ。知り合いに誘われて、しばらくローマにいた。いいところだぞ。あちこちに雰囲気のある教会があって、結婚式にはもってこいだな。おまえもおとなしく待ってれば、そんな式が挙げられたのに。今から戻ってくるか？」

「……私は——」

紅葉が言いかけると、祥晃は汚らわしいものでも見るような目で、紅葉を睥睨《へいげい》した。

「……なんてな。誰がおまえなんか相手にするもんか。尻軽が」

……ひどい。

しかし、結婚相手が変わったことを理由に、縁談を破棄しなかったのは確かだ。顔合わせの直前まで諦めムードだったのに、匡隆に恋をして、結婚しないなんて選択肢は消えていた。

ふいに祥晃が一歩を踏み出し、紅葉はその分だけ後ずさって距離を置いた。

……怖い……いつまでここにいるの？　なんのために……。

真室《まむろ》家に無心に来て果たせなかったから、紅葉の手持ちだけでも奪おうとしているのだろうか。

紅葉の財布には小銭程度の現金しかないが、匡隆から与えられたカードがある。

「……お義母さまが心配してます。連絡してください」

「おかあさま？　うちのお袋のことか。へえ、お義母さまね。すっかり一条家の嫁ってことだな。俺のことは？　お義兄さまって呼んでくれないのか？」

「ふざけないでください！　とても心配なさってます。お義父さまが無理なら、せめてお義母さまだけにでも――」

「うるせえんだよっ！」

祥晃の怒声と、振り払うように大きく動いた腕に、紅葉は息を呑《の》んだ。脱ぎかけたシャツが絡まった腕を、思いきり掴まれる。

「痛っ……」

「なにさまのつもりだよ？　親父やお袋がぜひ嫁にと言ったからって、勘違いしてるんじゃないか？　庶民のくせに。結婚して一条を名乗れるようになったからって、気取ってるんじゃねえよ！」

ギリギリと締め上げられる痛みをこらえるのが精いっぱいで、紅葉はなにも言い返せない。

「俺が勘当されたからって、見下してるんだろう。誰のせいだと思ってる。なにもかもあいつのせいだ。奴が俺を陥《おとしい》れたんだ」

「……違います……元はといえば、祥晃さんが──きゃっ……」

思いきり突き飛ばされて、紅葉は薬草の茂みに倒れ込んだ。その紅葉に、祥晃は馬乗りになる。

「あいつのせいなんだよ！　俺の人生をめちゃくちゃにしやがって……俺から全部奪いやがって──」

ああ、この人はこういう人なんだ……。

物事が調子よく進んでいるときには、すべて自分の手柄と思い込んで得意げで、窮地に立たされれば他人のせいにして、恨みつらみをぶつける。

贅沢三昧や、出自や立場を笠に着ての横柄さなどには目を瞑《つむ》れても、責任感のなさや、安易に悪事に手を染める身勝手さは無視できない。義母の台詞《せりふ》ではないけれど、同じ兄弟でなぜこうも違うのだろう。

紅葉を見下ろす祥晃の顔が、醜《みにく》く歪《ゆが》んだ。

「なんだよ、その顔は。ばかにしやがって……俺を捨ててあいつに走った裏切り者のくせに」

祥晃の頭の中では、いったいどんな流れで今の状況に至ったことになっているのだろう。やはり都合が悪くなれば、全部人のせいだ。

「先に会社を裏切ったのは、祥晃さんじゃありませんか？」

祥晃の目がカッと燃え上がり、次の瞬間、紅葉の頬が鳴った。ぶたれるなんて初めてで、痛みよりも驚きが勝る。

「女の分際で口を出すな！　あいつの嫁だけあって、とんでもなく生意気だな。裏切り者同士、似合いだよ」

「……私のことはともかく、匡隆さんを貶《おとし》める言葉は撤回してください。あの人は誠実です。仕事にも、私にも――うっ……」

顎《あご》を掴まれ、紅葉は呻《うめ》いた。外そうとするが、男の力には敵《かな》わず、片手を掴まれて押さえつけられた。

「……なるほど。政略結婚じゃなくなったってわけか。味方をするほど、あいつのどこがよかったんだよ？　アレか？」

紅葉は怒りと羞恥で頬を熱くしたが、それを祥晃はどう取ったのか、紅葉のタンクトップを捲《めく》り上げた。

「なにするの！　やめてっ！」

「ぎゃあぎゃあうるさい。人が来るぞ。恥ずかしいところを見られたくないだろう？　それとも観客がいるほうが燃えるタイプか？」

そのとき、車のブレーキ音が響いた。押し倒されている紅葉の位置からは、草木がじゃまをして見えなかったが、祥晃ははっとしたようにゲートのほうを振り返る。

もしかして……。

「紅葉っ……！」

その声に、紅葉は思いきり叫んだ。

「匡隆さんっ！」

通路の石畳を蹴りつけるような足音が近づいて、草木の向こうに匡隆が姿を現した。肩で息をしながら、驚愕に目を見開いている。すぐにその顔は、怒りの形相《ぎょうそう》に変わった。

「……祥晃、きさまなにを――」

匡隆は祥晃に躍りかかって、肩を掴むと紅葉の上からその身体を投げ飛ばした。

「紅葉、けがはないか⁉」

「だいじょうぶです」

手を引かれて助け起こされた紅葉の顔を覗き込んだ匡隆は、すぐに頬の赤みとその原因に気づいたらしく、ようやく起き上がろうとしている祥晃を振り返った。

「よくも紅葉に……」

「なんだよ？　政略結婚の嫁だろう？　しかも代理で結婚しただけの。もしかして本気で愛しちゃったりしてるのか？」

祥晃は痛《いて》てと顔をしかめつつも、服の汚れを払っているあたり、さほどのダメージはなかったようだ。

「紅葉は俺の大事な妻だ」

紅葉を庇《かば》うように立ちはだかる匡隆の向こうで、祥晃は嘲《あざけ》るように顔を歪めた。

「大事な妻だって。あー、気持ち悪い。……だからだよ。俺からなにもかもを奪ったんだ。少しくらい仕返ししなきゃ、気が済まないだろう。なんだよ？　なんでこのタイミングで登場するわけ？　正義のヒーローじゃあるまいし。もうちょっと遅けりゃ、大事な妻のあられもない姿が見られたのに」

「てめえ、許さねえっ……！」

匡隆は祥晃に向かって駆け出し、その勢いのままに拳を打ちつけた。どこに当たったのか、祥晃の鼻と口から血が流れるのを見て、紅葉は息を呑む。

どうしよう……止めなきゃ。でも、私に止められるの？　じゃあ、警察？　ううん、匡隆さんまで捕まっちゃう。それに、会社に知られたら……。

幸か不幸か、紅葉は今までこういう状況に関わったことがなく、動転するばかりで身体も口も動かない。匡隆が収めてくれるのを祈るばかりだ。

祥晃は軽く頭を振ると、血混じりの唾を吐いた。

「……痛ってえ……なにむきになってんだよ。こんなことしていいと思ってるのか？　全部おまえが悪いんだろうが！」

祥晃の手にナイフが握られているのを見て、紅葉は悲鳴を上げた。

「やめてっ……！」

「紅葉、動くな！　そのまま下がれ」

匡隆は祥晃に視線を据えたまま、背後の紅葉にそう指示を出すが、相手は凶器を持っているのだ。自分だけ安全な場所にいられるはずがない。

だって……匡隆さんにもしものことがあったら……。

しかし、紅葉になにができるわけでないのも、明らかだった。逆に足手まといになって、最悪、匡隆の行動を妨げてしまうかもしれない。

紅葉と匡隆のやり取りに、祥晃は呆《あき》れたようにかぶりを振った。

「あーあ、マジで俺が悪役？　でも最近は、ヒールが主役ってのも多いけどな。ていうか、悪いのは全部そっちだろう！」

キッと眦《まなじり》を吊り上げた祥晃は、ナイフを腰だめにして匡隆に向かった。

「いやあっ……！」

絶対に刺されると紅葉が恐怖した瞬間、なにがどうなったのかわからないけれど、匡隆は祥晃の突撃を躱《かわ》した。

「おとなしくやられろよ！　これはおまえへの罰なんだからさ！」

祥晃はすぐに振り返って体勢を立て直し、今度はナイフを逆手に持って、振りかざしながら匡隆に襲いかかった。匡隆が祥晃の手首を掴み、互いに反対の手や足で攻撃を繰り出す。上背は匡隆のほうが少し高いし、祥晃はかなり痩《や》せたように見えるが、力は互角のようで、行きつ戻りつしながら草木の間を移動していく。

やがてイチョウの木の下に行きつき、匡隆は掴んだままの祥晃の手を幹に強くぶつけた。数度目でナイフが滑り落ち、そこから形勢が変わった。

これまでの膠着状態を破り、匡隆は思いきり祥晃を殴った。祥晃もまた殴り返していたが、五対五が七対三に、九対一に、と拳を繰り出す数が変わっていく。

先に膝をついたのは、祥晃だった。顔だけでなく服も血まみれで、目の上や口周りが腫《は》れ上がっている。

一方の匡隆は、同じようにあちこち血で汚れていたが、それは祥晃のもののようで、自身の負傷はほとんど見受けられない。

「二度と紅葉に手を出すな。次は容赦しない」

そう言ったものの、匡隆の拳はまだ固く握られて、かすかに震《ふる》えてもいた。まだ殴り足りない、許されるなら再起不能にしてしまいたい、というように。

こんなに激しい人だったんだ……。

間近で肉体同士がぶつかり合う音を聞いたのは初めてで、当分耳に残りそうなくらいだ。殴り合いで出血するのを見るのも同様で、躊躇《ためら》わずに拳を振るう匡隆を、恐ろしくも頼もしく感じた。

「……おまえが原因だって言ってるだろう……痛ってぇ……くそう、思いきりやりやがって。慰謝料寄こせよ」

よろよろと立ち上がった祥晃は、呆れるほどの図々しさで匡隆に手を出した。

「必要を感じない。そう言うなら、こっちだって請求する。女の顔を殴るなんて……」

語尾を震わせた匡隆に、紅葉は彼の怒りがまだ収まらず、今の祥晃の言葉でさらに増したのを感じた。実際、匡隆は再び身構えようとしたのだ。

「違うっての。そっちはともかく、跡継ぎの座とこの女を奪ったことは、どう決着つけるんだよ?」

「跡継ぎなんか、おまえが本気でやるつもりがあって親父が認めるなら、いつだってくれてやる」

「……女は？」

「言うまでもない。誰にも渡さない」

……匡隆さん……。

こんなときだというのに、紅葉は匡隆に駆け寄って抱きつきたい衝動に駆られた。それを押しとどめたのは、匡隆の肩越しに祥晃の顔が見えたからだ。

姿を現したときから今まで、祥晃の性根はまったく変わっていないのだと感じられて、絶望にも似た思いが胸を苦しくする。一条夫妻も匡隆も、きっとまだつらい思いをするのだろう。家族を苦しめて、祥晃はいったいなにをしたいのだろう。そんなにも我欲の虜《とりこ》になってしまったのか。

「じゃあ、その分出せよ」

「いい加減にしろ。まだ殴られ足りないのか。さっさと出ていけ。さもなけりゃ、親父とお袋を迎えに来させる」

怒気を孕《はら》んだ匡隆の声音に、紅葉のほうが震え上がった。しかし祥晃は忌々《いまいま》しそうに舌打ちしただけで、痛む足を引きずるようにして車へ向かった。

腹いせのようにアクセルをふかして走り去っていく音が遠くなり、紅葉は呪縛が解けたかのように、匡隆に走り寄った。

「匡隆さん、どこもけがしてませんか⁉」

匡隆はまだゲートの向こうを睨み据えていたが、紅葉を見てふっと息をつく。

「情けないな……俺の言葉はまったく響かなかったらしい。親父やお袋を出したほうが、よほど効果があったみたいだ」

「引き際がわからなかっただけです、きっと……」

慰めにもならないと思いながらも、匡隆の顔を見たらなにか言わずにはいられなくて、出た言葉だったけれど、彼は小さく頷いてくれた。

「きみは？　ぶたれたんだろう？　他になにもされなかったか？」

「私なら平気です。匡隆さんこそ……痛くありませんか？」

相当振るった拳は、あちこち痣《あざ》ができていて、心なしか熱を持っているようだ。紅葉は両手でそっと匡隆の手を包む。

「あいつ……マジで許せない。本当にすまなかった」

「匡隆さんが謝ることじゃありません」

「俺の兄がしたことだ……」

勘当と言われたところで、親子や兄弟である事実は消えるものではない。今回のことを含めて祥晃に敵意を抱いていようと、どうにもならない血の絆《きずな》に、匡隆はよりいっそう苦しめられているのかもしれない。

「でも、匡隆さんは守ってくれたじゃないですか――あ、ちょっと待っててください」

紅葉は近くに群生するオトギリソウの葉を摘んで、合わせた手のひらの間で擦った。花の時季を過ぎて結実期を迎えたオトギリソウは、まだ青々と葉を茂らせていて、揉《も》むとしっとりと湿った。

紅葉はそれを匡隆の手の甲に走る細かな傷に、押し当てるように塗った。

「十三年ぶりに、また傷の手当てをしてもらうなんて……薬草園を残してよかった」

ようやく匡隆が微笑んでくれて、紅葉はほっとして口元を緩めた。

「でも、物置に救急箱もちゃんと用意してありますけど。虫刺されとか傷薬とか、全部一条製薬です」

「あ、消毒薬はパスさせてくれ。あれは染みるんだ」

ひとしきり笑い合い、互いに身支度を整えてから、テント下に置いてあるアウトドアチェアに座ってポットに入れてきたコーヒーを飲んだ。

「祥晃のことだが――」

紅葉の表情が変わったのに気づいて、匡隆は眉を寄せる。

「すまない、聞きたくない話かもしれないが、言わせてくれ。あいつが相変わらずなのは、見てのとおりだ。いや、追いつめられている分、よけいにまずい。もちろん全力できみを守るつもりでいるが、くれぐれも気をつけてほしい」

紅葉はこくりと頷き、躊躇いながら説明した。

「祥晃さんは、私の実家に来たそうです。その……慰謝料をもらいに来たって。でも、うちには誰もいなくて……もしかしたらと思ってここに寄って……」

匡隆は両手で包んだカップに視線を落とす。

「先日、おふくろが言ってたとおりだな。友人知人の類《たぐい》には集《たか》り尽くして、当てがなくなったんだろう。しかし実家はもちろんのこと、一条の親戚にも顔を出せない。すぐに親父に話が行くだろうからな。そこで、真室家に無心しようとしたのか。真室のご両親が、うちの親に報告するとは思えないしな。それにしたって恥知らずな……だいたいそんな道理が通ると思ってるのか」

悩ましげなため息をついて、匡隆は椅子についた小さなテーブルにカップを置くと、額に手を当てた。

「真室家が留守で幸いだった。もうなりふりかまわないところまで来てるから、正直言ってなにをしでかすか想像がつかないんだ。現に――」

匡隆はそこで言葉を止めて、痛ましそうに紅葉を見た。

「できることなら、きみをどこかに隠してしまいたい。祥晃の目に触れるのすら、もう我慢ならないんだ」

「……匡隆さん……」

本当にこの人は苦しんでいるのだと、紅葉までつらくなる。どうしたら匡隆の苦悩を取り除けるのだろう。そのためなら、なんだってするのに。

匡隆は目を伏せて首を振った。

「ごめん、おかしなことを言った。でも現実的な提案として、ボディガードをつけるというのはどうだろう？　本当なら俺がそばを離れなければいいいんだが、仕事に行かないわけにもいかない。だから――」

紅葉は無言で首を振った。

そんなことで、これから先ずっと匡隆の妻が務まるだろうかと思ってしまう。ひたすら他人任せで、守られてばかりのお姫さまではない。匡隆の妻として、彼を支えるつもりでいるし、いずれ子どもができたときには、その子も自分で守らなければならない。

祥晃がなにをしてこようと、できるだけ自分で対処するべきだ。それに世の女性たちだって、なにか脅威があっても、己で身を守りながら日常生活を続ける人が大半だと思う。

紅葉の態度に、匡隆は困惑《こんわく》した顔を見せた。

「……そうか。じゃあ、松濤《しょうとう》の家に一時的に住むのは？」

その提案にも紅葉が賛成しないと見るや、今度は、

「俺の仕事中だけでも嫌か？　一緒にマンションを出てきみを送り、帰りは迎えに行ってマンションに戻る」

と次の案を繰り出す。

「匡隆さん――」

紅葉は匡隆の手を握った。今しがたのことで匡隆も混乱し、理性的に考えられなくなっているのだろう。それでも紅葉の身の安全をはかろうとしてくれている。

「心配してくれるのはありがたく、嬉しく思います。でも、私はあなたの妻として、当たり前の生活を続けたい。そうすることで、今よりももっとこの生活を守ろうという気持ちになれる気がするんです」

匡隆は眩《まぶ》しいものを見るように、目を眇《すが》めた。

「……強いな、きみは」

紅葉は小さく肩を竦めた。

「匡隆さんの強いところを見たから、私も強くなろうと決めました。気持ちだけですけど」

「いや、腕っぷしは鍛《きた》えなくてけっこうだ。本当に強くなりそうだからな」

「えっ、合気道の手ほどきをしてもらおうと思ってたんですけど。さっき、見事に躱しまくってましたよね」

「いやいや、せめてそこくらい、俺のプライドを守らせてくれ」

匡隆は頷いて立ち上がると、なにかを吹っ切ったような笑顔で紅葉を見下ろした。

「きみの覚悟を尊重する。その上で、いちばんいいと思う方向に進めさせてくれ」

覚悟なんてたいそうなものではないけれど、自分の気持ちは伝えたつもりだ。だから紅葉も、頷きを返した。

7

「一条《いちじょう》さん、この寄せ植えはどこに置きますか？」

声をかけられて、紅葉《くれは》はハーブサシェの袋を閉じる手を止めた。

「二段目にお願いします。ラベンダーメインの鉢は、いちばん上に」

そう指示をして、薬草園の中を見回す。

以前テントを置いていた場所は、木造の小さな建物になっている。そこに薬草やハーブの鉢植えや小物を置いて、ショップを開いた。

薬草園に来るのは変わらず週二回、しかも数時間だけなので経営的な採算はまったく取れないけれど、紅葉ひとりでは手が回らなくてアルバイトを雇っている。中沢美和《なかざわみわ》という、紅葉よりも年下のフリーターだ。

鉢植えも小物も最低限の品揃えなのに、なぜか口コミで来訪者は増えつつあり、主に会話という接客に追われた。小さな子どもを連れた母親が、散歩の途中で公園代わりに散策していくことも多い。

「すみませーん」

三十代くらいの女性に呼ばれて、紅葉は作業台から離れた。

「はい、いらっしゃいませ」

そんな挨拶《あいさつ》をするようになったのも初めてのことで、なんだか嬉しくもあり、照れ臭くもある。

「料理にちょっと使ったりするのに、キッチンに置いておけるようなハーブを探してるんですけど、どれがいいですか？」

「あ、それでしたら、こちらはいかがでしょう？　ローズマリーとディル、レモンバームの寄せ植えです。ローズマリーは臭み消しに、ディルは刻んでマヨネーズやドレッシングに混ぜてもいいですよ」

紅葉が鉢を手にして説明すると、女性は乗り気になって手を叩いた。

「あら、可愛《かわい》い！　こういうのちょっと使うと、料理の見た目がよくなるし、部屋の雰囲気も変わりますよね。お花や観葉植物代わりっていうか」

これにします、と女性は紅葉から鉢を受け取った。

「こちらに詳しい説明が書いてありますので、お持ちください」

会計を済ませると、高校生くらいの男子が居心地悪そうな顔をしながらも、紅葉に近づいてきてぼそりと告げる。

「……匂い袋、どれがいいですか？　……プレゼントにしたいんで――あ、でもあんま金がないから安いので」

ぶっきらぼうな口調に、紅葉は思わず口元を緩めた。ここまで来るのも、迷ったのではないだろうか。あるいは街中で買い物する姿を見られたくなくて、ここに来たのかもしれない。

「こちらのラベンダーとカモミールにオールドローズを合わせたものは、女性に人気があります。お若い方でしたら、ローズの代わりにレモングラスを使ったものも好まれると思います。お試しください」

サンプルのサシェを差し出すと、男子は躊躇《ためら》いながらも匂いを嗅いで、しばらく真剣な表情で迷っていた。

「……じゃあ、こっち」

「はい、ありがとうございます」

男子は会計しながらも、レジ横に並んだハーブソープを気にしている。予算とのせめぎ合いだろうか。

「お包みしますね」

視線を紅葉の手元に向けた男子は、慌《あわ》てたように声を上げた。

「それ、頼んでない」

サシェに添えられたミニソープを指しているのだろう。しかし紅葉はラッピングの手を止めずに答えた。

「サービスです。香りの系統も同じなので、使ってみてください」

品物を渡すと、男子は頷《うなず》きながら小さな声で、ありがとうと呟《つぶや》いた。

午後の三時にクローズの札を出してゲートを閉じ、店舗の片付けを始める。屋外に展示していた鉢などは、店の中に移動する。これがけっこうな重労働だ。

「美和ちゃん、そっち持って。せーのっ……」

季節のハーブを寄せ植えした樽を、ふたりがかりで台車に乗せて、店内に運び込んでほっと息をつく。

「これで終了ですね。来週からは、いよいよハーブティーの販売ですね」

自家製のハーブティーや薬草茶、ドライハーブなどの食品に分類されるものを販売するには、食品衛生管理者の資格が必要なので、紅葉は少し前に取得した。

ハーブや薬草を摘《つ》んで乾燥させる作業は、美和も協力してくれて、紅葉が来られないときもここで頑張ってくれたし、パッケージ用の製造者シールも、率先してパソコンで作ってくれた。彼女は今、ハーブの検定資格を取ろうと勉強中で、その点も心強いパートナーだ。

「ええ、最初はお客さまのリクエストを聞いて、効能や好みに合わせたブレンドをするつもり。ハーブの収穫が増えて、お客さまの需要もあるようなら、人気のあるブレンドでティーバッグを作ろうと思うの」

「いいと思います。わー、やる気が出てきた！」

ゲートの前で美和と別れ、自転車で帰る彼女を見送っていると、タクシーが到着した。薬草園への行き来にタクシーを使うのは、匡隆が出した条件だ。

あれからもう、二か月が経つんだな……。

祥晃《よしあき》の襲撃を受け、匡隆はあらゆる手段を講じて彼の居場所を突き止めた。紅葉には詳しく話してくれなかったけれど、金を渡すという口実でおびき出したらしい。

祥晃はそのまま、すでに匡隆が報告済みだった一条夫妻に引き渡され、何度か家族会議を繰り返した。しかし祥晃は相変わらずで、堪忍袋の緒が切れて最後通告をしたのは、なんと一条夫人だった。

夫人の遠縁が北海道で牧場を営んでいて、祥晃はそこへ送り込まれたという。会社が受けた損失を補填するまでは逃がさないと、ヒグマのような牧場主が請け負ってくれたそうだ。

『牧場自体の敷地が広大だし、周りはさらに畑が広がってる。隣家まで何キロあるんだか……あいつが徒歩で辿り着けるとは思えないな』

『それもそうですけど、損失を補填って……何年かかるんでしょう』

『それでも性根が叩き直されるかどうか疑問だ。遠洋漁船のほうが、絶対よかった』

義母はそちら方面にも知り合いがいるとかで、漁船と牧場のどちらを選ぶかと、祥晃に迫ったのだった。

とにかく今後、祥晃が紅葉たちの近辺をうろつくことは、まずないだろう。


その日は、紅葉が通っていた乗馬クラブへ匡隆と一緒に出かけた。

障害にチャレンジしてみたいと言う匡隆に、紅葉はレクチャーをして、くれぐれも無理はしないようにと念を押してから、自分の後をライン取りして進むように勧めた。

ひとつ目の柵を越えてちらりと背後を窺《うかが》うと、ちょうど匡隆が飛ぼうとしているところだった。

わ……、さすが。

乗馬歴もそれなりだし、もともと運動神経もよくて度胸もあるので、匡隆は難なく柵を飛び越えた。着地もスムーズで余裕がある。

コースを一周して、紅葉は称賛の拍手を送った。

「すごいです。テストを受けたらどうですか？」

「いやいや、ビギナーズラックだよ。落馬してカッコ悪いところを見られたくない一心だった」

匡隆はそう答えつつも、まんざらでもなさそうな笑みを浮かべていた。

乗馬クラブを後にして車に乗り込むと、匡隆は自宅とは反対の方向に進路を取った。

「どこへ行くんですか？」

「せっかく近くまで来たんだから、薬草園を見ていこうと思って。ずいぶん頑張ってるみたいだし——あ、全然含むところはないから、気にしないように。紅葉が楽しくしてくれれば、それだけで俺も嬉しいんだ」

薬草園のゲート前で車を停めると、中に自転車が見えた。美和が来ているようだ。敷地を見回すと、草木の陰にしゃがみ込んでいる背中があった。

「あの子、アルバイトをしてくれている美和ちゃんです」

「そうか。じゃあ、挨拶しておこうかな」

紅葉は車を降りて、ゲートを開けた。ゲートの鍵は美和にも預けている。

物音に気づいて立ち上がり振り返った美和は、紅葉の姿を見て元気に駆け出してきた。匡隆はゆっくりと車を敷地内に乗り入れる。

「一条さん！　どうしたんですか？」

「お休みなのに、お手入れに来てくれたのね。ありがとう」

「いえいえ、近くに住んでるんですから、これくらいは——あ……」

車から降り立った匡隆を見て、美和は口を開いたまま固まった。

「初めまして、一条です。家内がお世話になっております」

はっとした美和は、勢いよく頭を下げた。

「はっ、初めまして！　中沢美和と申します！　一条さ——奥さまには、こちらこそ大変お世話になっておりまして、楽しく働かせてもらってます！」

顔を上げて匡隆と視線が合うなり、またしてもぽうっとしている。紅葉がくすりと笑うと、美和はすり寄ってきた。

「もう、もう……っ、一条さんったら、すてきなご主人じゃないですか！　超イケメン！」

本人は囁《ささや》いているつもりのようだが、匡隆にも丸聞こえだ。

以前、友人たちに匡隆を紹介したときには、褒められてもこんなふうに心から嬉しく思えなかった。それよりも、匡隆は紅葉との結婚を望んでいなかったのではないかとか、自分はこんなに匡隆を愛してしまったとか、心乱れていた。

それが今、美和の羨望《せんぼう》を受けて、擽《くすぐ》ったいような嬉しさに笑みが抑えられない。匡隆をそっと窺うと、温かくも奥底に情熱を秘めた眼差しが迎えてくれて、さらに胸がときめいた。

これから港まで向かうと言う匡隆が、一緒に食事でもと誘ったが、美和は両手を振って辞退した。

「そんな……デートに割り込むほど野暮じゃございません！　どうぞおふたりでごゆっくりお過ごしください」

車の中で、匡隆は思い出したように笑った。

「面白い子だな」

「ええ、一緒にいると楽しくて……でも、しっかりしてます。年下なのに、見習わなきゃ」

匡隆が車を停めたのは、港が見える公園の駐車場だった。エンゲージリングをもらったデートで、送ってもらう途中に立ち寄った場所だ。あれ以来訪れることはなかったので嬉しく、ちょっと照れ臭い。

なにしろファーストキスの場所だし……。

隣を歩く匡隆が、紅葉を見下ろした。

「どうかした？」

「えっ、いえ……あれからもう半年以上経つのかと……ずいぶん前のことのような、昨日のことのような」

紅葉の手がそっと握られた。海風が冷たく、匡隆の手は温かい。

「きみを手に入れてからは、毎日があっという間に過ぎていくようだよ。こんなんじゃ、一生なんてすぐゴールが来るな」

「縁起でもないことを言わないでください」

紅葉は匡隆の手を握り返した。もうこの手を離さなくていいのは、なんて幸せなことだろう。どちらかの手が冷たくなるまで、ずっと繋いでいたい。いや、そうする。

「たくさん、思い出を作りましょう。一緒にしたいことが、まだまだいっぱいあります。というか、始まったばかりですよね」

向かう先に、あの橋が見えてきた。匡隆は憶えているだろうか。

春の宵《よい》、夜風は少し肌寒くて、でも今日のように匡隆の手は温かかった。唇はもっと温かく――いや、熱かった。

アーチを描く橋を上っていた匡隆の足が止まった。

「憶えてる？」

「……忘れるはずがありません……」

頬が熱くなるのを感じて、俯《うつむ》いた紅葉の耳に匡隆の囁きが届く。

「上書きしても、憶えていてくれる？」

「えっ……？」

顔を上げた紅葉は、微笑む顔が近づいてくるのを見つめた。やがてピントが合わなくなり、目を閉じると、あのときと同じ熱を持った唇が触れた。

冬とはいえ、休日の日暮れ前の公園は、訪れる人が皆無ではない。匡隆もそこは承知していて、キスは一瞬だった。

硬直して立ち尽くす紅葉を、匡隆が包むように抱きしめる。

「これからもここに来るたび、キスをしそうだ」

いい？　と耳元で囁かれ、紅葉は顔を隠したまま頷いた。


結婚式は三月に都内の教会で挙げて、披露宴は日を改めて会社関係者を招き、盛大に行われることになっている。

教会での式なので、ウェディングドレスも紅葉の希望優先でシンプルなものになった。それでも義母は記念にとオーダーメイドを勧めてきたので、そこは従った。

実家の母と義母と一緒に、女三人でじっくり時間をかけて決めたのは、メディチカラー風にレースを重ねた襟《えり》が特徴的な、Aラインのドレスだ。腰回りに重ねたオーガンジーで、たっぷりとドレープを寄せ、後方へトレーンのように流したので、優雅さもある。

製作は義母が行きつけのドレスメーカーに頼み、披露宴用のドレスも作ってもらった。こちらは、勝手がわかっている人に任せたほうが安心なので、すべて義母主導だ。

披露宴の最初は紅葉も匡隆も和装なので、このチャンスがなければ着ないまま終わってしまう白無垢《しろむく》の花嫁衣装を選んだ。これはもう箪笥《たんす》の肥やし確定なので、貸衣装でいいと頑張ったのだが、義母のボルテージが上がってしまい、けっきょく京都の老舗で作ってもらった。着用後はホテルに貸衣装として買い取ってもらうと聞いているが、どうなるかわからない。女の子が生まれたら、染と仕立てを直して着せてもいいとか言っていたから。まあ、義母のことだから、そのときはまた張り切って、子ども用を作ってくれそうではある。

匡隆とのやり取りで気づいたことだけれど、一条家の人たちは、金に糸目を付けないというよりも、金額そのものが気にならないのだ。それよりも贈る相手が喜ぶかどうかを重視する。

実際、紅葉がビビる程度の額は、一条家の資産を脅《おびや》かしはしないのだろう。そのレベルに馴染む必要性を感じながらも、世間一般の感覚は失わずに、バランスを取ってやっていくつもりでいる。


結婚式当日は、早春の清涼な空気に包まれていた。

披露宴をするホテルが教会に近いこともあり、控室を借りて紅葉の支度もホテルの美容室に依頼した。

「ご新婦さまのお仕度が整いました」

美容室スタッフに付き添われて、真室《まむろ》家の親族控室に行くと、両親と兄、それから美和がいた。

「まあ、紅葉！　きれいよ。ねえ、お父さん、見て」

「見てるよ……」

「馬子にも衣装、ってか、金かけてもらうと、本体もよくなってる気がするな」

三人それぞれの反応に、紅葉はうちの家族らしいなと思いながら笑みを浮かべる。そして、部屋の隅で緊張も露《あらわ》な美和を手招きした。

「美和ちゃん、どう？」

ふわふわした足取りで近づいてきた美和は、胸の前で両手を握りしめた。

「きれいです、一条さん！　とってもすてき！」

「ありがとう、美和ちゃんのおかげよ」

紅葉はベールに包まれた頭上を示す。婚礼衣装で紅葉が唯一我を通したのは、ティアラの代わりのハーブの花冠だった。

きっかけは、美和がガーデンファニチャーのウサギに、ハーブと薬草で編んだ花冠を飾ったことだった。花が咲いているものを使ったので、意外と見栄えがしたのだ。紅葉は思わず、自分も被りたいと呟き、美和の手で頭に載せてもらった。そのときにふと閃《ひらめ》いたのだ、ここの薬草やハーブを使った花冠で式を挙げたい、と。

紅葉がその案と、理由である思い出を語ると、美和は鼻息を荒くして協力すると頷いてくれた。

美和は使うハーブや薬草を温室に移動させて、開花時期を調節し、パソコンを駆使してイメージ画像をいくつも作り上げた。

そして最終的に今朝持ってきてくれたのが、紅葉の頭上を飾っている花冠だ。ベースはアルケミラモリスというバラ科のハーブで、「聖母マリアのマント」という別名を持つ。教会式にぴったりだと名前で選びました、と美和は言っていたけれど、小さな星型の花が密集して咲く様子も可愛らしく、花も葉も黄緑色で明るく爽やかな印象だ。

そこに紫やピンク、白のヤグルマギクを合わせて花冠らしく彩りを添えた。オトギリソウもひっそりと編み込んでいる。細いサテンのリボンも可愛らしい。

「本当にすてきです……」

ぽうっと見惚《みほ》れていた美和は、はっとしたように振り返ると、先ほどまで自分が座っていた椅子の隣に置いた大きな箱から、花冠とよく似た色合いのブーケを取り出して、紅葉に差し出した。

「あの、これ……お揃いで作ってみました。よかったら……本当によかったらでいいんですけど、受け取ってもらえますか？」

「まあ……もちろんよ、嬉しい。ありがとう」

半球型にまとめられたアルケミラモリスのブーケは瑞々《みずみず》しく、シナモンのような香りがした。

その後、一条家の控室に行くと、義両親は紅葉の支度を大絶賛してくれた。

「すてきだわ、紅葉さん。特に花冠とブーケが——あらあら、全部すてきってことよね」

控室には義父と義母のふたりきりで、匡隆の姿が見えない。新郎の支度が、新婦より手間取るということはないはずだが——。

「あの……匡隆さんは……？」

紅葉の問いに義父は苦笑した。

「なんでも、教会で紅葉さんを迎えたいと言って、ひと足先に出たよ。楽しみは最後まで取っておいて、最高のタイミングで味わいたいそうだ」

一同は車で教会に向かい――美和は恐縮して別行動しようとしたが、今回の功労者なのだからと、兄に強制的に同乗させられた――、ほどなく式が始まった。

パイプオルガンの音が響き渡る中、紅葉は父と一緒に大きな扉の前に立つ。扉が厳《おごそ》かに左右に開き、正面の祭壇の前に、すらりと立つ匡隆の姿が見えた。長身にシルバーグレーのテイルコートが映える。

一歩、また一歩と近づく距離に、紅葉の胸は高鳴る。もう紅葉の目には、彼しか映らない。

匡隆は父に一礼して紅葉の手を取ると、目を細めた。

「素晴らしい花嫁だ。またきみのことが好きになったよ」

神父の聖書朗読の間も、誓約の言葉や指輪の交換の間も、紅葉は夢見心地だった。すでに妻となってずいぶん経つが、改めて夫婦になった気がして、喜びに胸が詰まった。

本当に、この人の妻になれたんだ……。

匡隆の手でベールアップされ、生涯をともにする人と目を合わせた。

「愛してるよ」

囁く声と近づく顔に、紅葉は目を閉じて匡隆のキスを受けた。

END

あとがき

こんにちは、浅見茉莉です。

ナイトスターブックスさんでの初めての作品になります。ヒーローは安定の御曹司です。御曹司……これまでに何人を登場させたことでしょう。この界隈、生息率高いですね。

でも、いいと思います、御曹司！　と熱弁してみる。つきあうなら財力はあるほうがいいですよね、もちろん。金銭的な心配がなければ、それだけ恋愛に集中できるし。しかも夢心地なエスコートをしてくれそうだし。それに、いわゆる育ちがいい男というのは、性格もおっとり穏やかでよろしい。半面、世間知らずのボンボンだったりもするので、そのあたりのバランスは重要です——と、なんだか玉の輿狙いの女子のような発言。

今回、ヒロインとヒーローは互いの家が結びつきを希望しての結婚でしたが、もともと浅からぬ縁のある家同士です。昔、お殿さまだったヒーロー家に仕えていた薬師が、ヒロインの先祖という。しかも、ヒロイン家から側室に上がったりしているなんて、さらっと書いてしまいましたが、後からふと思いましたけれど、そのころすでにヒーロー家にヒロイン家の血が入ったりはしているのだろうか。まあ、子どもが生まれたとは限らないし、その子が跡継ぎになったとも限らないし、そうだったとしても現代で問題はないのですが。本当に縁があったんだな、という感じでしょうか。

というか、その時代の話も面白そうだなと思いました。

ところで、この話の中でいちばんのお気に入りは、ヒーローの同期です。ちょっとしか出てきませんでしたが、個人的にタイプです！　こんな男性は、ヒーローとして需要はないものでしょうか。


イラストを担当してくださった森原八鹿先生、イケメンヒーローとキュートなヒロインをありがとうございました！

担当さんを始めとして、制作に携わってくださった方々にもお礼申し上げます。

お読みくださった皆さんも、ありがとうございました！　感想などお聞かせいただければ、励みになります。

それではまた、お会いできますように。

強引御曹司と甘すぎる政略結婚
～華麗なる蜜月計画～

2023年6月8日 初版発行

著者 浅見茉莉（あさみ・まり）
イラスト 森原八鹿（もりはら・ようか）

編集 J's パブリッシング／新紀元社編集部
デザイン 秋山美保
DTP 株式会社明昌堂

発行者 福本皇祐
発行所 株式会社新紀元社
〒101-0054 東京都千代田区神田錦町1-7 錦町一丁目ビル2F
TEL 03-3219-0921 ／ FAX 03-3219-0922
http://www.shinkigensha.co.jp/
郵便振替 00110-4-27618

印刷・製本 中央精版印刷株式会社

ISBN978-4-7753-2089-1